COLLECTION A.-L. GUYOT

Paul FÉVAL Fils

Le Faux Frère

TOME SECOND

20 CENTIMES

PARIS

A.-L. GUYOT, Éditeur

12, Rue Paul Lelong, 12

ALGÉRIE, COLONIES ET ÉTRANGER : 25 CENTIMES

LE FAUX FRÈRE

PAUL FÉVAL Fils

Le Faux Frère

TOME SECOND

PARIS

A.-L. GUYOT, Éditeur

12, Rue Paul-Lelong, 12

COLLECTION A.-L. GUYOT

(Catalogue — Série A)

Romans Populaires

ŒUVRES DE PAUL FÉVAL

Le Fils du Diable...................... .. 2 vol.

Les Marchands d'argent .... 2 vol.

Les Trois Hommes rouges............... .... 2 vol.

La vengeance de Bluthaupt.............. 2 vol.

Ceux qui aiment....................... 1 vol.

Haine de races........................... 1 vol.

Le Cavalier Fortune.................... 2 vol.

Chizac-le-Riche....................... 2 vol.

ŒUVRES DE PAUL FÉVAL FILS

Le Loup-Rouge............. .... 2 vol.

Le Testament à surprises................ 1 vol.

Le Faux-Frère........................ 2 vol.

Dans toutes les Librairies, Kiosques, Gares :
20 centimes le volume.

On reçoit franco par la poste un volume spécimen
et le catalogue contre 3o centimes en timbres-poste
adressés à M. A.-L. Guyot, éditeur, 12, rue Paul-
Lelong, Paris.

LE FAUX FRÈRE

DEUXIÈME PARTIE

(*Suite*)

VI

La barque qui avait recueilli les naufragés
était montée par des pêcheurs hindous, au
torse nu jusqu'à la ceinture, à la tête coiffée
du turban multicolore. Ces braves gens, après
leur avoir généreusement offert quelques ali-
ments dont ils avaient bien besoin, leur de-
mandèrent tout naturellement qui ils étaient

M. de Valmont, connaissant leur langue, leur
raconta le naufrage et les remercia vivement en
son nom et au nom de ses compagnons d'infortune.

Les Hindous parurent très satisfaits d'apprendre qu'ils avaient affaire à des Français et offrirent aux naufragés de les conduire à leur village qui ne se trouvait qu'à quelques milles sur la côte. La tempête avait en effet poussé la goëlette vers le nord, et c'était presque en vue des côtes de l'Hindoustan qu'elle avait coulé.

M. de Valmont et ses compagnons, ayant accepté la proposition des pécheurs, abordaient deux heures plus tard au village de Djeddour.

Lorsqu'ils eurent pris quelque repos dans sa demeure, le patron de la barque les conduisit devant le *thasildar* (chef du village).

Celui-ci n'eut pas plutôt aperçu M. de Valmont, qu'au grand étonnement de Le Goffet des matelots, il se précipita vers lui avec les marques de la joie la plus vive. Le gentilhomme paraissait aussi tout heureux, comme s'il revoyait un vieil ami après une longue absence.

Pendant quelques minutes, ils parlèrent l'un et l'autre avec volubilité, et les questions succédaient si rapidement aux réponses, que Le Goff et ses compagnons, ne comprenant pas un mot de l'entretien, se demandaient ce que tout cela signifiait.

A la fin, M. de Valmont leur expliqua qu'à l'époque où il était chef de service de Mahé, il avait eu cet Hindou sous ses ordres en qualité de *drogman* (interprète); il ajouta qu'ayant eu l'occasion de lui rendre service, en le protégeant un jour contre les autorités anglaises, cet homme lui était tout naturellement dévoué.

A partir de ce moment, les naufragés se virent traités avec les plus grands égards et jouirent de tout le confortable que ce pauvre village pouvait offrir.

Le chef voulut absolument que M. de Valmont et ses compagnons demeurassent chez lui, et non seulement il leur donnait tout ce qui leur était nécessaire, mais il faisait ses efforts pour prévenir leurs moindres désirs.

Il y avait à peu près une semaine qu'ils étaient à Djeddour, lorsqu'un soir, comme M. de Valmont se trouvait seul avec Hasrar — c'était le nom du chef — celui-ci dit tout à coup à son hôte :

— Vous n'aimez pas beaucoup les Anglais, n'est-ce pas, seigneur.

— Non, certes, répondit M. de Valmont ; lorsque j'étais à Bombay, j'ai eu souvent à me plaindre de leur morgue, de leur outrecuidance et du mépris qu'ils affectent pour tous ceux, Européens ou Hindous, qui n'appartiennent pas à leur nation.

— Et vous avez même eu, s'il m'en souvient bien, des démêlés personnels avec les autorités anglaises ?

— Votre mémoire ne vous trompe pas, mon cher Hasrar, puisque c'est à l'instigation du gouverneur de Bombay que j'ai dû quitter l'Inde.

— Il a réussi à vous faire rappeler par le gouvernement français, n'est-il pas vrai ?

— Oui, et cependant je n'avais fait que défendre avec énergie l'honneur de la France, qu'il avait presque bafouée dans un dîner où tout le corps diplomatique était invité.

— De sorte, seigneur, reprit le chef hindou, que vous avez conservé contre l'Angleterre un grand ressentiment.

— Je ne le cache pas, mon cher Hasrar, je déteste cordialement cette nation, l'ennemie séculaire de mon pays.

— Et si l'occasion se présentait de la combattre et d'abaisser sa puissance, consentiriez vous à prendre les armes contre elle ?

— De grand cœur, répondit M. de Valmont
sans hésiter.

— Alors, fit le thasildar dont le visage semblait radieux, écoutez !

Et baissant la voix, il continua :

— Un grand mouvement se prépare en ce
moment dans l'Inde, et bientôt, si le sort favo-
rise notre cause, nous chasserons de notre beau
pays jusqu'au dernier Anglais. Nous voulons
nous affranchir enfin de leur odieuse domina-
tion et rétablir, sur le trône de Delhi, notre sou-
verain légitime, le descendant du Grand-Mogol.
Tout est prêt : nous pouvons compter sur tous
les c....yes qui servent dans les troupes anglaises ; les chefs sont dans le secret de la cons-
piration et n'attendent que le signal... Voulez-
vous être des nôtres, monsieur le comte de
Valmont ?

— J'accepte ! répondit le gentilhomme en-
thousiasmé ; j'accepte pour moi et mes compagnons. Je réponds d'eux.

— Je comptais sur cette réponse, fit avec
joie Hasrar, et dès demain, si vous le voulez
bien, nous partirons ensemble pour Delhi, où

se trouve en ce moment, incognito, le rajah Nana-Saïb, notre général en chef ; je vous présenterai à lui.

— Eh bien ! c'est entendu ; demain nous partirons.

Après s'être séparé de Hasrar, M. de Valmont fit part à Le Goff et aux matelots de la proposition du chef.

L'ex-capitaine de l'*Espérance* accepta immédiatement, comme s'y attendait le comte :

— Milles cartahus ! s'écria-t-il, comme je m'en vais leur appuyer la chasse à ces chiens d'Anglais ! Je me vengerai sur eux de la perte de ma pauvre goëlette.

Le lendemain, les naufragés partaient, avec Hasrar, pour Delhi. Le voyage, en palanquin, fut des plus agréables, et au bout de trois jours ils entraient dans l'ancienne capitale de l'Inde.

Sans perdre de temps, Hasrar les conduisit auprès de Nana-Saïb qui devait bientôt devenir le héros de la guerre de l'indépendance.

M. de Valmont avait déjà entendu parler de ce jeune rajah, comme d'un homme d'une grande valeur. Il causa longuement avec lui.

Nana-Saïb, sachant le comte complètement dévoué à la cause hindoue, n'hésita pas à lui faire part de ses projets, de ses plans et de ses espérances.

— Vous pouvez, seigneur Français, dit-il en terminant, nous être d'un puissant secours.

— Je suis entièrement à votre disposition, répondit M. de Valmont, faites de moi ce qu'il vous plaira.

— Voici, continua Nana-Saïb, ce que j'attends de vous. Dans cette guerre, il nous faut l'appui de votre pays. Si la France se ligue avec nous contre l'Angleterre, l'Angleterre est perdue; nous devons donc tout mettre en œuvre pour obtenir des secours de la France. Or, la situation que vous avez occupée dans l'Inde vous rend propre, mieux que personne, à servir de négociateur entre vous et votre nation. Allez donc trouver le gouverneur de Pondichéry, exposez-lui la situation, mettez sous ses yeux les avantages que la France retirerait de la ruine de la puissance anglaise dans l'Inde; en un mot, faites tout pour l'amener à appuyer notre demande auprès du gouvernement français.

— Je le ferai, répondit M. de Valmont, et je

saurai me rendre digne de la haute mission que vous me confiez... Mais **je ne ré**ponds pas de réussir, ajouta-t-il.

— Je le crains **aussi**, fit tristement Nana-Saïb. N'importe ! essayons !

— Je partirai demain, dit simplement M. de Valmont.

Le lendemain, en effet, il se mettait en route, accompagné d'un guide sûr, tandis que Le Goff et les trois matelots restaient à Delhi, où Nana-Saïb les mit secrètement en rapport avec les cipayes en garnison dans la ville, que Le Goff devait commander dès qu'éclaterait la révolte.

VII

Il n'entre pas dans le cadre de notre récit de retracer l'histoire de la guerre entreprise en 1857 par les Hindous pour secouer le joug de l'Angleterre.

Cette guerre, connue en Europe sous le nom de *révolte des cipayes* était, depuis longtemps, rendue inévitable par la haine qu'avaient fait naître, dans le cœur des indigènes, les mesures autoritaires et vexatoires prises contre eux par les Anglais et l'exploitation froidement méthodique sous laquelle les courbait le joug de leurs vainqueurs.

Le signal de la révolte fut donné par le régiment des cipayes en garnison à Meerut. Les

soldats anglais furent massacrés et les indigènes se réfugièrent à Delhi, dont la garnison
indigène se révolta à son tour.

Le major Willongby, qui avait le commandement de la ville, put s'échapper à grand'
peine, et s'enfuit presque seul, en laissant son
artillerie, ses munitions et ses vivres aux mains
de Nana-Saïb, autour duquel vinrent se con-
centrer toutes les forces de l'insurrection.

Le mouvement gagna de proche en proche.
Les régiments de Phillour, Nassirabad, Bénarès,
Allahabad se soulevèrent successivement. Puis,
ce fut le tour de Cawnpoor et de Lucknoro,
dont la révolte fut marquée par de terribles
massacres qui donnèrent dès lors, à cette
guerre, un caractère d'atrocité dont l'histoire
offre peu d'exemples.

Mais des renforts que les Anglais reçurent
d'Europe vinrent bientôt balancer les succès
des Hindous, et ceux-ci se virent obligés d'abandonner Cawnpoor et Lucknoro, malgré les
efforts de Nana-Saïb, qui était accouru de Delhi
au secours des deux villes.

. . . .

Après son échec de Lucknoro, Nana-Saïb

s'était réfugié dans Delhi, où il organisa la ré-sistance avec une rapidité extraordinaire.

En quelques jours, il fit remettre en état les anciennes fortifications, et ce fut plein de con-fiance, qu'il attendit le choc de l'armée an-glaise.

Celle-ci ne tarda pas à se montrer.

Le général Nicholson, qui la commandait, ne voulut point tenter un brusque assaut contre une ville si bien défendue, et reconnut la né-cessité d'une attaque méthodique.

Dans ce but, il ouvrit des parrallèlés et de-manda de l'artillerie de position aux arsenaux voisins.

Lorsque la concentration de ses moyens d'action fut opérée, il fit établir successive-ment cinq batteries devant la place, et dans la nuit du onze septembre, cinquante pièces ou-vrirent à la fois leur feu sur les fortifications de Delhi.

Les Hindous ripostèrent ; mais leurs pièces, moins bien servies, ne purent répondre avec succès au feu de l'artillerie anglaise. Le 13, au soir, de larges brèches étaient ouvertes dans les murailles, et le général Nicholson résolut de donner l'assaut le lendemain **au lever** du jour.

Cinq colonnes, formées de troupes d'élite, devaient s'élancer simultanément sur les brèches. Il avait été convenu que le signal serait l'explosion d'une mine, au moyen de laquelle un détachement de sapeurs feraient sauter la **porte de Cachemire**, une des principales entrées de la ville. Le général en chef se plaça à la tête de la première colonne; il confia la direction des autres au brigadier Jones, au colonel Campbell, au major Reid et au brigadier Longfield.

Dès quatre heures du matin, ces **cinq colonnes** s'avançaient sans bruit vers les points avancés des tranchées, d'où elles devaient s'élancer à l'assaut. L'artillerie continuait son feu, pour dérober ses mouvements à la surveillance des Hindous.

Mais Nana-Saïb, à qui l'état des fortifications faisait pressentir l'imminence d'un dénoûment, s'attendait à cette attaque, et avait **passé la nuit** à faire préparer des moyens de résistance sur tous les points où pouvaient s'élancer les **forces assaillantes.**

Aussi ne fut-ce que sous un tourbillon de mitraille que les sapeurs anglais purent atteindre la porte de Cachemire et y établir leur foyer d'explosion.

Ils y réussirent cependant, et bientôt la mine éclata avec fracas, faisant sauter la porte qui disparut dans un tourbillon de décombres et de fumée.

A ce signal, les cinq colonnes surgissent à la fois des tranchées, et s'élancent au pas de course sur les fortifications ; malgré les balles que les Hindous font pleuvoir sur elles, elles franchissent les fossés, gravissent les escarpes, et envahissent bientôt les brèches.

La résistance n'est pas moins énergique que l'attaque, et la lutte s'engage avec acharnement au milieu des débris. Les Hindous se défendent avec le courage du désespoir ; ils se font tuer à leur poste, sans avoir un seul instant la pensée de fuir, et ce n'est qu'en passant sur des amoncellements de cadavres que les Anglais peuvent avancer. Enfin, les assiégés sont forcés de céder devant l'impétuosité du choc qui partout heurte et brise leurs lignes, et les Anglais pénètrent dans la ville.

Néanmoins, l'attaque des assiégeants n'avait pas été sur tous les points, couronnée de succès. Le major Reid, qui commandait la cinquième colonne, avait échoué dans son attaque sur le faubourg Hissengurg, qu'il avait mission d'enlever. Il s'était heurté au régiment de cipayes que commandait notre ami Le Goff, et, malgré tous ses efforts, il avait été contraint, après une lutte prolongée, de se replier sur les colonnes victorieuses.

Ce demi succès ranima l'espérance des Hindous. Nana-Saïb, abandonnant le reste de la ville aux Anglais, vint se joindre à Le Goff, décidé à prolonger jusqu'au bout la résistance.

Les Anglais ne tardèrent pas à revenir à la charge, avec des forces écrasantes cette fois, et le combat recommença plus acharné que jamais.

Le Goff se battait comme un lion. Il avait eu la douleur de voir tomber l'un après l'autre, sous les balles anglaises, les trois matelots qui avaient échappé avec lui au naufrage de l'*Espérance*. Aussi, furieux de la mort de ses camarades, ne se ménageait-il pas, le brave capitaine !

Les cipayes s'étaient massés à l'entrée d'une rue, et là, ils restaient inébranlables au milieu de la mêlée, malgré tous les efforts de l'ennemi. Trois fois la redoutable cavalerie anglaise s'était élancée contre eux ; trois fois, elle avait été repoussée avec des pertes considérables.

Mais bientôt, un grand tumulte qui s'éleva à l'autre bout de la rue, apprit à Nana-Saïb et à Le Goff qu'ils avaient été tournés. Ils se virent perdus, mais rien dans leur contenance ne vint déceler leur crainte.

Bien qu'entourés de tous côtés, les Hindous ne faiblissaient pas et rendaient coup pour coup. C'était maintenant une de ces luttes corps à corps, où chacun se fait une arme de tout ce qui s'offre à sa portée, où les combattants, s'enlaçant l'un à l'autre, se mordent, se déchirent, se roulent ensemble sur le sol.

Le Goff venait d'avoir son sabre brisé dans la mêlée, lorsqu'il se trouva en présence d'un Highlander d'une taille gigantesque qui se précipita sur lui la baïonnette en avant.

Déjà la pointe meurtrière n'était plus qu'à quelques pouces de sa poitrine, et il se consi-

dérait comme perdu, lorsqu'un coup de revolver retentit, en même temps que le colosse
tombait, le crâne fracassé.

Le Goff regarda celui qui venait de tirer si
à propos, et poussa un cri de joyeuse surprise
en reconnaissant M. de Valmont. C'était en
effet le gentilhomme, qui, de retour de son
voyage à Pondichéry, avait traversé l'armée
anglaise, en risquant vingt fois d'être pris, et
s'était trouvé là, juste à point pour empêcher
son ami d'être tué.

— Merci ! dit simplement le marin, en ra-
massant le fusil de l'Highlander.

— Je n'ai fait que payer ma dette, répliqua
M. de Valmont, et même je suis encore votre
obligé.

Cependant le combat continuait toujours ;
mais, assaillis de tous côtés, les cipayes
voyaient leur nombre diminuer de minute en
minute. M. de Valmont, se faisant jour au milieu des ennemis, parvint jusqu'à Nana-Saïb
qui, par un hasard providentiel, n'avait reçu
aucune blessure.

— Avez-vous réussi ? demanda-t-il au comte
en l'apercevant.

— Hélas non ! répondit le gentilhomme.

— Alors, il ne me reste plus qu'à me faire tuer ! murmura Nana-Saïb.

Le général hindou se tenait, monté sur un superbe cheval, au milieu d'une cinquantaine d'hommes déterminés qui lui faisaient un rempart de leurs corps.

M. de Valmont se rapprocha de lui, et, répondant à ses dernières paroles :

— Peut-être, dit-il, mais à quoi bon ? les Anglais sont maîtres de Delhi, c'est vrai, mais n'y a-t-il pas encore dans l'Inde des peuples tout prêts à se lever à votre voix ? Allons ! général, pas de désespoir inutile ; en avant et tâchons d'échapper à ces bandits !

— Vous avez raison, fit Nana-Saïb en relevant la tête, en avant !

Et, se dressant sur ses étriers, il cria deux ou trois mots d'une voix retentissante.

A cet ordre, tous les Hindous vivants se massèrent autour de leur général, et se formant en coin, ils se précipitèrent au milieu des bataillons ennemis.

Devant ce choc furieux, auquel ils ne s'attendaient pas, les Anglais plièrent un instant. C'en fut assez pour permettre aux cipayes de s'ouvrir un chemin.

Nana-Saïb, presque en tête de la petite troupe, servait naturellement de cible aux Anglais, et bien des coups étaient dirigés contre lui.

Le brave rajah, tout entier au commandement de sa troupe, ne songeait pas à sa sûreté personnelle, et sa vie était à chaque instant menacée.

Mais, à ses côtés, M. de Valmont et Le Goff veillaient, et malheur à ceux qui osaient s'attaquer à leur chef !

Ils eurent ainsi plus de dix fois le bonheur de détourner la mort de sa tête ; mais aussi, ce n'était pas sans s'exposer eux-mêmes avec une folle témérité.

En se jetant au devant d'un officier anglais qui, le sabre levé, s'élançait sur Nana-Saïb, M. de Valmont reçut le coup destiné au rajah et eut la joue entaillée depuis le sourcil jusqu'à la bouche. Cette blessure ne l'empêcha pas de continuer à se battre, malgré le sang qu'il perdait, et d'accomplir encore des prodiges.

Le Goff fut également blessé ; il eut l'oreille

déchirée par une balle. Le marin se contenta de pousser un juron énergique et d'empoigner par la ceinture un Anglais, qu'avec une force décuplée par la colère, il envoya rouler à cinq pas de là.

Cependant l'héroïque troupe, réduite maintenant à une centaines d'hommes, avançait toujours au milieu des rangs serrés des Anglais, et au bout d'une heure de cette lutte gigantesque, elle était arrivée devant le palais de l'empereur. C'était là que tendaient les efforts de Nana-Saïb.

VIII

Les Anglais s'étaient emparés du palais comme du reste de la ville ; mais ils n'y avaient laissé qu'une dizaine d'hommes, et, dans leur confiance, ils avaient négligé d'en fermer les portes.

Les cipayes n'eurent donc pas de peine à y pénétrer et, une fois les portes refermées, ils purent respirer un peu.

Toutefois, on entendait au dehors, les cris de rage des Anglais qui essayaient de briser les portes, et qui ne tarderaient pas, sans doute, à faire irruption dans le palais.

Aussi Nana-Saïb sans perdre de temps ordonna-t-il à ses hommes de le suivre, et, se mettant à leur tête, il les conduisit, à travers les appartements, dans une pièce retirée qui était, autant qu'on pouvait en juger, la chambre à coucher de l'empereur.

Là, il souleva une tenture, et, après quelques **hésitations,** il toucha un ressort dissimulé dans **une moulure** de la boiserie. Aussitôt une porte **glissa** silencieusement sur ses gonds, et un trou béant apparut.

Nana-Saïb fit passer un a un tous ses compagnons par cette ouverture, à laquelle aboutissait un escalier s'enfonçant dans le sol, et passa le dernier, en refermant la porte sur lui.

L'escalier, qui comptait environ cinquante marches, donnait accès dans un vaste couloir souterrain, dont l'étendue devait être considérable et qu'éclairaient, de loin en loin, quelques soupiraux habilement ménagés.

—Ce souterrain, dit Nana-Saïb à M. de Valmont qui se trouvait auprès de lui, a deux lieues de long et s'ouvre dans la campagne au milieu des bois. Les Anglais n'en connaissent certainement pas l'existence, je crois donc que nous sommes provisoirement hors de leurs atteintes. Je vais ordonner à mes hommes de gagner la sortie du souterrain ; pour nous, si vous le voulez bien, nous ne les rejoindrons que tout à l'heure, car j'ai à vous parler ainsi qu'à votre compatriote.

— A vos ordres, général ! répondit M. de Valmont.

Quelques instants après, le rajah restait seul avec les deux Français.

Faisant signe à ceux-ci de le suivre, il s'engagea dans une galerie transversale qu'ils n'avaient pas aperçue d'abord.

Au bout de cinq minutes de marche, le rajah s'arrêta devant un enfoncement pratiqué dans la paroi du souterrain. Il poussa de nouveau un ressort secret, et la muraille s'écarta.

— Entrez ! dit-il à ses deux compagnons.

Ceux-ci obéirent ; mais à peine eurent-ils fait quelques pas qu'ils s'arrêtèrent en poussant un cri d'étonnement.

La porte qu'ils venaient de franchir donnait accès dans une sorte de salle circulaire, éclairée seulement par un soupirail placé au sommet de la voûte. Et cependant, en entrant dans cette salle. M. de Valmont et Le Goff, éblouis, furent obligés de mettre la main devant leur yeux. C'est que, du sol même, s'élançait une multitude de rayons lumineux, se croisant dans tous les sens, et qui donnaient à cette crypte l'aspect d'une fournaise ardente.

Les deux Français restèrent un certain temps sans s'expliquer d'où partaient ces lueurs étranges.

Ils comprirent enfin ! Ils marchaient sur un véritable tapis d'or et de pierreries, et c'était l'éclat fauve du métal, mêlé au feu des diamants, qui illuminaient cette chambre souterraine.

De quelque côté qu'on portât le regard, on n'apercevait que des monceaux d'or, ou de pierreries de toutes sortes, diamants blancs de Golconde, rubis sanglants, vertes émeraudes, saphyrs d'azur.

Il y avait là des richesses pour une valeur incalculable.

M. de Valmont et Le Goff étaient émerveillés.

Nana-Saïb les laissa quelque temps contempler à leur aise tous ces trésors ; enfin il leur dit :

— Mes amis, vous avez devant vous le trésor du Grand-Mogol, qui dort dans ce souterrain depuis plusieurs siècles et dont bien peu de personnes connaissent l'existence. Je veux vous récompenser des services que vous avez rendus à notre cause avec autant de désintéressement que de courage ; je veux aussi m'acquitter de la dette personnelle que j'ai contractée envers vous, car je n'oublie pas, ajouta le rajah, que je vous dois la vie. Je vous autorise donc, au nom de l'empereur, à puiser dans ce trésor et à y prendre tout ce que vous pourrez emporter.

— Et, répliqua M. de Valmont, qui avait complètement dominé sa première émotion, si nous refusions ce présent magnifique, en vous disant que nous n'avons jamais eu la pensée de faire payer nos services et que nous voulons nous contenter de l'honneur de servir une noble cause.

— Je sais, répondit Nana-Saïb, que vous êtes de grands cœurs ; aussi, ce que je vous offre, je vous supplie de l'accepter, non comme la récompense d'un service, mais comme le dernier souvenir d'un ami.

— Le dernier souvenir ! fit M. de Valmont, vous voulez donc que nous nous séparions de vous !

— Oui, mes amis, je ne veux pas que vous vous attachiez plus longtemps à ma fortune. L'insurrection est maintenant vaincue dans l'Inde, et notre pays reste aux mains de l'envahisseur. Je vais encore essayer de continuer la lutte ; j'irai dans le nord soulever les populations du Népaul et du Cachemire ; mais, je n'ai plus d'espoir !... N'importe, ajouta-t-il d'une voix sourde, je combattrai jusqu'au bout.

— Mais pourquoi, reprit M. de Valmont, ne voulez-vous pas que nous combattions encore à vos côtés ?

— Ce serait **vous exposer** inutilement à une mort certaine, car, je le répète, je ne continue à lutter que pour mourir les armes à la main.

— Alors, général, fit tristement Le Goff qui n'avait pas encore parlé, vous nous renvoyez ?

— Oui, mes amis, vous avez assez fait pour une cause malheureuse. Prenez ces richesses, retournez ensuite dans votre pays où vous vivrez heureux. Je ne vous demande que de penser quelquefois à votre ancien compagnon d'armes et de conserver au cœur votre haine contre les Anglais

— N'ayez pas peur, général, gronda **Le Goff,**

j'espère bien avoir encore quelques abordages avec ces écrevisses cuites !

— Adieu donc, mes amis, fit Nana-Saïb en serrant avec effusion la main des deux Français, je vais rejoindre mes hommes. En partant, refermez la porte de cette salle et gagnez l'extrémité du souterrain où j'aurai laissé deux chevaux et un guide pour vous conduire à Pondichéry... Adieu ! ajouta-t-il une dernière fois en s'éloignant.

— Adieu ! adieu ! répétèrent M. de Valmont et le Goff.

Le gentilhomme et le marin restèrent quelques minutes immobiles au milieu de la crypte, émus par la scène qui venait d'avoir lieu. Le Goff même essuya une larme.

— Vous voyez, dit-il à son compagnon, cet homme-là est un vrai matelot.

— Nous aurions dû peut-être le suivre malgré lui, répondit M. de Valmont.

— Nous n'avions qu'à obéir, répliqua Le Goff ; d'ailleurs, je ne désespère pas de le revoir un jour... En attendant, ajouta-t-il, prenons ce qu'il nous a donné : c'est bien à nous, n'est-ce pas ?

Et le capitaine, sans plus tarder, enleva sa vareuse, l'étendit sur le sol et y jeta plusieurs poignées d'or et de pierres précieuses, qu'il ramassa au hasard sur le sol. Cela fait, il saisit avec précaution les quatre coins du vêtement, les noua solidement ensemble avec une corde qu'il portait toujours sur lui et chargea cette sorte de sac sur son épaule.

Pour M. de Valmont, il prit simplement une petite cassette admirablement ciselée, qui avait été déposée à l'écart. Cette cassette ne contenait qu'une dizaine de brillants, mais ceux-ci presque aussi gros que le célèbre Koh-i-Noor, valaient à eux seuls plusieurs millions.

Là-dessus, les deux hommes quittèrent la crypte en refermant la porte, comme le leur avait recommandé Nana-Saïb, et se dirigèrent en toute hâte vers l'extrémité du souterrain, où ils trouvèrent les deux chevaux et le guide qui leur avait été annoncés.

Ils se mirent rapidement en selle, et, sous la conduite de l'Hindou, ils arrivèrent en quelques jours à Pondichéry, où ils s'embarquèrent sur un bâtiment en partance pour la France.

25.

2.

IX

Pendant que ces événements se passaient à deux mille lieues de France, la situation respective des personnages de notre histoire, que nous avons laissés en Bretagne, ne s'était pas modifiée.

Mme de Valmont vivait toujours avec son frère au château de Kernéis. La malheureuse femme était bien loin de se douter du rôle odieux que lui attribuait son mari dans la tentative d'assassinat dont il avait été l'objet. Elle croyait, comme tout le monde, à la mort d'Henri de Valmont, et regrettait sincèrement cet époux, pour lequel, à défaut d'amour, elle avait toujours éprouvé une profonde estime.

Son chagrin, toutefois, commençait à se calmer avec le temps, ce grand consolateur, et elle eut été relativement heureuse sans Charles Bertol, dont les assiduités auprès d'elle prenaient un caractère de plus en plus pressant.

L'ancien pirate s'était flatté, en tuant de Valmont, de pouvoir ensuite, sans difficulté, réaliser le rêve de toute sa vie, c'est-à-dire devenir l'époux de Jeanne. Mais voilà que la disparition mystérieuse de la victime mettait un obstacle inattendu et insurmontable à ce mariage tant désiré !

Le décès de M. de Valmont n'avait pu être en effet régulièrement constaté, puisqu'on n'avait pas retrouvé son cadavre. Par suite, quelque probable que fût sa mort, sa femme, Jeanne de Kernéis, n'était pas veuve aux yeux de la loi et ne pouvait se remarier.

Bertol ne le savait que trop, et sa rage ne connaissait pas de bornes.

— Imbéciles que nous sommes, répétait-il à Zango, pourquoi, au lieu de le laisser dans le bois, ne l'avons-nous pas jeté dans la rivière ? A mer basse, on l'aurait certainement retrouvé, et là, personne ne serait venu le prendre...

Mais qui donc l'a emporté ? ajoutait-il en serrant les poings.

— Eh ! faisait Zango en haussant les épaules, ce sont tout simplement des voleurs, qui, après l'avoir dépouillé, sont allés au loin enterrer son corps.

— Quoiqu'il en soit, répliquait Bertol, je donnerais toute ma fortune, tu entends, Zango ! toute ma fortune pour ce cadavre.

Malgré l'obstacle que la fatalité mettait ainsi à la réalisation de ses projets, le bandit ne fut pas longtemps, on peut le croire, sans prononcer devant la comtesse le mot de mariage. Mais celle-ci l'arrêta aussitôt en lui disant :

— Ce que vous me demandez, mon ami, est, vous ne l'ignorez pas, plus que jamais impossible.

— Et pourquoi, ma Jeanne adorée ?

— Ne suis-je pas condamnée à toujours attendre le retour de ce pauvre Henri ?

— Mais il est bien certain qu'il ne reviendra pas ! répondit hypocritement Bertol.

— Qui sait ? fit-elle en levant les yeux au ciel.

Le misérable tressaillit à cette parole et s'écria :

— Vous pensez donc qu'il n'est pas mort?

— Non, mon ami, non, répondit Mme de Valmont en secouant la tête et sans remarquer l'émotion de Charles ; mais je dois agir comme s'il était encore vivant. Ne me parlez donc plus de cela, et laissez moi à ma douleur.

— Il est possible, insista Bertol, qu'en France, il y ait des empêchements à ce mariage ; mais à l'étranger, il n'en est pas de même. Si nous allions en Angleterre, par exemple, ne pourrions-nous pas enfin être l'un à l'autre ? Ce serait un moyen fort simple d'éluder la loi française, et dont personne ne nous blâmerait, puisqu'on sait bien que mon pauvre frère n'existe plus.

— Non, mon cher Charles, je ne puis accepter ce compromis. Autrefois, lorsque j'étais encore libre, vous m'avez déjà offert de fuir avec vous, et j'ai refusé. Aujourd'hui, je peux encore moins accepter votre proposition.

Bertol vit bien qu'il n'obtiendrait rien pa là, et il se retira désappointé.

Il songea alors à s'adresser à son ami Jean,

et il eut même un instant l'idée de lui avouer
son amour pour sa sœur. Mais il réfléchit que
cette révélation pourrait avoir des consé-
quences dangereuses pour lui, et il se décida à
demander simplement au magistrat de faire
établir, par un jugement en bonne forme, le
décès d'Henri de Valmont.

Un soir, après le dîner, comme il se promenait dans le parc du château, seul avec M. de
Kernéis, il lui dit tout à coup :

— Voilà plus de six mois que mon pauvre
frère a disparu, et nous n'avons même pas eu
la consolation de le conduire à sa dernière
demeure. Mais ne serait-il pas temps de régu-
lariser la situation ?

— Comment ? de quelle régularisation veux-
tu parler ? demanda le magistrat.

— Je veux dire, répondit brusquement Bertol, qu'il me paraît nécessaire de faire constater le décès d'Henri par les tribunaux.

— Par les tribunaux ! mais tu n'y penses pas,
mon cher Charles !

— En quoi donc ma proposition te semble-
t-elle si déraisonnable ? Une fois la mort
d'Henri légalement établie, notre position à

tous, et principalement celle de cette pauvre Jeanne, ne serait-elle pas moins équivoque ?

— Elle ne changerait pas.

— Pourquoi donc ?

— Tout simplement parce qu'aucun tribunal ne consentirait à rendre une pareille décision.

— Il est bien certain cependant que mon pauvre frère n'existe plus !

— Trop certain, malheureusement.

— Et bien, alors ?

— Mon cher Charles, cette certitude s'appuie sur des présomptions qui ne peuvent, il est vrai, laisser aucun doute dans notre esprit, mais un tribunal demanderait autre chose.

— Quoi donc ?

— Eh parbleu ! des faits matériels, des preuves palpables, qui nous font absolument défaut.

— Mais toi, mon cher Jean, ne pourrais-tu au moins, en ta qualité de chef du parquet, saisir de l'affaire le tribunal de Lorient ?

— Non, mon pauvre ami, je ne consentirai pas à commettre cette illégalité, qui d'ailleurs, je te le répète, n'aboutirait à rien et au contraire, nous attirerait des désagréments.

— De quelle façon !

— Parce qu'on ne manquerait pas de dire que j'ai fait cette démarche à ton instigation, et que tu as voulu, par ce moyen, t'emparer de la fortune qu'a laissée ton frère.

— Oh ! fit Bertol.

— Je sais bien, continua le magistrat, que ce serait absurde ; mais, vois-tu, il ne faut pas donner prise à la médisance... Et qui sait, si l'on ne dirait pas en même temps que ma sœur a déjà oublié son mari et qu'elle a hâte de se consoler dans les bras d'un autre ?

Bertol ne répondit pas à ces dernières paroles, et, après un moment de silence, il reprit :

— Ainsi, tu crois qu'il n'y a rien à faire ?

— Non, répondit M. de Kernéis, il n'y faut plus penser. Nous pouvons seulement user d'un droit que la loi nous donne et que nul ne peut nous contester, c'est de faire déclarer Henri en état de présomption d'absence, et faire nommer un curateur chargé de pourvoir à l'administration de ses biens.

— Qu'importe ce point secondaire ? fit Bertol avec un geste d'indifférence ; cette mesure ne tirera pas Jeanue de la fausse situation où elle se trouve.

—Non, certainement; toutefois il vaut mieux prendre cette précaution, puisque la loi nous y autorise : on ne sait ce que l'avenir nous réserve encore.

— Et quel serait ce curateur ?

— Mais... il est tout indiqué, répondit le magistrat ; c'est à toi, son frère et son héritier présomptif, qu'incombe cette charge.

— A moi ! s'écria Bertol.

— Sans doute ; en quoi cette perspective peut-elle t'effrayer ? Tu auras ainsi entre les mains non-seulement tes propres intérêts, mais encore ceux de ma sœur, puisqu'elle s'est mariée avec ce pauvre Henri sous le régime de la communauté.

— J'aurai donc à administrer la fortune de Jeanne en même temps que celle laissée par mon frère ?

—Assurément, et tu remplaceras, à cet égard, le chef de la communauté... Je sais, continua le magistrat, que tu te soucies peu du modeste héritage de ton frère, mais j'espère que, dans l'intérêt de ma chère Jeanne, tu n'hésiteras pas à accepter la mission que je veux te confier.

— Puisqu'il en est ainsi, répondit Bertol, je ne m'opposerai pas à ton désir et j'accepterai.

Au fond, il était très satisfait du rôle qui allait lui incomber. Il pensait qu'il aurait là un prétexte tout trouvé pour multiplier ses visites au château de Kernéis et se ménager des tête-à-tête avec Mme de Valmont.

M. de Kernéis obtint facilement du tribunal la nomination de Bertol aux fonctions de curateur, et le misérable se trouva ainsi chargé d'administrer les biens de sa victime !

Quelques mois auparavant, il avait acheté, à proximité de Kernéis, le château de Plélan, dont il avait fait sa résidence habituelle. Mais, dès lors, il s'installa pour ainsi dire à demeure à Kernéis. Il y venait tous les jours, et comme souvent Jean, retenu au parquet, ne rentrait que le soir, il déjeunait ordinairement en tête à tête avec Jeanne.

Il ne cessait d'entretenir la jeune femme de son amour, et ses déclarations devenaient de plus en plus brûlantes.

Mme de Valmont continuait à résister, mais comme elle avait néanmoins conservé une certaine amitié pour Charles, ses réponses, quoique fermes, n'étaient pas de nature à lui enlever tout espoir, et le bandit se flattait toujours d'arriver, dans un temps plus ou moins prochain, à vaincre les scrupules de la jeune femme.

X

Malgré la passion qui occupait toute sa pensée, Bertol n'était pas sans songer quelquefois avec inquiétude à la disparition mystérieuse de sa victime. Mais il se disait que près d'une année s'était écoulée depuis le crime, et que, si son frère eût encore été vivant, on aurait déjà entendu parler de lui.

Zango contribuait puissamment à calmer ses appréhensions. Le nègre lui démontrait qu'il avait tort de se laisser aller à ces idées qu'il qualifiait d'absurdes, et si Charles insistait, il le raillait de sa pusillanimité.

Les deux misérables avaient donc banni toute crainte, lorsqu'un événement inattendu vint les troubler dans leur quiétude.

Zango en arrivant en France avait trouvé une existence toute différente de celle qu'il s'était plu à mener jusque-là. A l'activité qu'il avait continuellement déployée avait succédé sans transition un calme, un repos qui ne tardèrent pas à lui peser horriblement. Il ne se sentait pas au cœur, comme Bertol, un amour capable d'absorber toutes ses facultés physiques et intellectuelles : aussi bientôt l'ennui s'empara-t-il de lui.

Pour occuper ses loisirs forcés, il s'était mis à boire, et au bout de peu de temps, l'alcool lui devint presque indispensable.

Certes, sa constitution robuste ne pouvait rien redouter des effets du poison : mais il lui arriva plus d'une fois de laisser sa raison au fond de son verre, et Bertol eut l'occasion de s'en apercevoir. Il blâma vivement le nègre. Celui-ci ne tint que peu de compte de ses observations, et se contenta de se cacher pour se livrer à son nouveau penchant.

Or, un soir que les deux complices avaient dîné à Kernéis, Zango après le repas, ayant profité d'une discussion assez animée qui s'était élevée entre Jean et Bertol à propos des événements politiques récents, s'éclipsa inaperçu de la salle à manger et se rendit à l'office.

Là, tout en courtisant une espèce de femme de chambre, qu'avaient séduite sa carrure herculéenne et aussi ses pièces d'or, il s'était mis à boire outre mesure.

Vers dix heures, la soubrette monta chez sa maîtresse pour l'aider à se déshabiller, et ensuite se rendit elle-même dans sa chambre, située au troisième étage du château.

Resté seul, Zango continua à boire, puis, voyant que Charles ne se disposait pas encore à partir, il lui vint une idée d'ivrogne, celle d'aller retrouver la femme de chambre.

Il s'engagea donc dans l'escalier, pour mettre à exécution cette fantaisie, mais à peine arrivé au premier étage, terrassé par l'alcool, il tomba et resta étendu devant la porte du couloir qui conduisait à l'appartement de M. de Kernéis.

Quelques instants après, Bertol, s'apercevant qu'il était tard, prit congé de Jean et appela le nègre, pour lui dire d'atteler. Il fut très étonné de ne pas recevoir de réponse. Pensant qu'il retrouverait Zango à l'écurie, il sortit, pendant que M. de Kernéis, fatigué, montait dans sa chambre, laissant à Charles le soin de faire fermer, en s'en allant, les portes du château.

Au moment où il entrait dans son appartement, M. de Kernéis se heurta à un corps étendu sur le plancher, et dans lequel il reconnut le nègre ivre-mort.

Pris de dégoût à cette vue, le magistrat se disposait à redescendre pour prévenir Bertol, lorsque tout à coup, il entendit Zango, qui s'était réveillé à demi, proférer des paroles étranges.

— Ah ! ah ! murmurait le nègre, tu as ton affaire, de Valmont !

La surprise de Jean était extrême.

— De Valmont ! répéta-t-il, que veut-il dire ? Attendons, peut-être va-t-il encore parler !

Mais le nègre était retombé dans son abrutissement.

Soudain, une idée traversa le cerveau du magistrat.

Il monta sans bruit jusqu'au troisième étage, où couchaient les domestiques, réveilla le valet de chambre et le fit descendre avec lui. Puis tous deux, enlevant, non sans peine, le noir toujours endormi, le portèrent dans le cabinet de travail de M. de Kernéis, où ils l'étendirent sur un sopha.

Jean, ayant alors congédié le domestique, s'approcha de Zango, et lui mit brusquement la main sur l'épaule.

A ce contact, le nègre ouvrit les yeux et regarda fixement M. de Kernéis. Celui-ci lui demanda à brûle-pourpoint :

— Qu'as-tu fait de M. de Valmont ?

Le noir fit un effort comme pour parler, mais aucun son ne sortit de sa gorge.

Jean réitéra sa question.

Cette fois Zango répondit, d'une voix rauque et entrecoupée de hoquets :

— Là-bas... dans le bois... attaché à un arbre.

— Alors c'est toi qui l'as tué ? interrogea de nouveau M. de Kernéis.

— Oui...

— Et étais-tu seul ?

Le nègre ne répondit pas, il se contenta de ricaner d'un air bestial.

— Etais-tu seul ? répéta M. de Kernéis, d'un ton impérieux.

— Non, fit enfin Zango.

— Et qui était avec toi ? demanda encore le magistrat.

Mais le nègre était retombé inerte sur le canapé, et il ne poussa plus que quelques sourds grognements...

M. de Kernéis restait cloué au plancher, les yeux hagards, la face convulsée. Les mots que venait de proférer Zango l'avaient frappé de stupeur.

Certes, il doutait encore et il se demandait s'il pouvait, en conscience, ajouter foi aux aveux qu'il avait arrachés à cet ivrogne.

Le trouble de ses idées était inexprimable, le vertige s'emparait de son cerveau, et ce fut en chancelant qu'il regagna sa chambre, oubliant le nègre sur le canapé.

Mais cette scène avait eu un témoin : c'était Bertol.

Etonné de ne pas rencontrer le nègre à l'écurie, Charles, après avoir attelé lui-même la voiture, était rentré dans la salle à manger qu'il avait trouvée déserte.

Il se disposait à partir seul, lorsqu'il avait entendu du bruit à l'étage supérieur.

Pressentant qu'il se passait quelque chose

d'extraordinaire, il était monté sur la pointe des pieds, et caché derrière la porte du couloir, il avait surpris toute la conversation entre Jean et le nègre.

On devine par quelles transes était passé le bandit, en entendant les réponses de son complice. Il avait eu un instant la pensée de se précipiter sur les deux hommes et de les anéantir.

Toutefois, il avait respiré un peu plus à l'aise, lorsque Zango s'était tu sans l'avoir nommé. Mais malgré cela, il ne se dissimulait pas la gravité de l'incident.

Quand M. de Kernéis se fut retiré, il entra dans la chambre. Le nègre était toujours plongé dans son lourd sommeil.

— Que faire de cette brute ? se dit Charles.

Son hésitation fut de courte durée.

La pièce dans laquelle avait été portée le nègre, était, avons-nous dit, le cabinet de travail de M. de Kernéis ; entre les deux fenêtres de cette pièce se trouvait une armoire dans laquelle on avait installé une petite pharmacie. Bertol n'ignorait pas ce détail.

Il alla ouvrir l'armoire, s'empara d'un flacon

contenant une solution d'ammoniaque, et se rapprochant du nègre, il lui fit respirer à plusieurs reprises l'odeur pénétrante du liquide. L'ivrogne ne tarda pas à rouvrir les yeux.

Bertol alors, avisant un aiguière qui se trouvait sur la cheminée, prit un verre, le remplit d'eau à moitié, y versa une dizaine de gouttes d'ammoniaque, puis fit avaler cette mixture au nègre. Celui-ci au bout de quelques minutes fut à moitié dégrisé, et la raison commença à lui revenir.

Sans attendre ses questions, Bertol le fit lever, l'entraîna rapidement hors de la chambre, lui fit descendre l'escalier, et, une fois dans la cour, il le poussa dans la voiture qui partit aussitôt à fond de train.

Il ne lui dit pas un mot jusqu'à leur arrivée à Plélan, où il lui ordonna de se mettre immédiatement au lit.

XI

Le lendemain, Bertol vint comme à l'ordinaire au château de Kernéis.

Le misérable était vivement préoccupé ; néanmoins, il faisait bonne contenance, et il affecta même, en entrant, des façons plus enjouées encore que de coutume. Comme il s'y attendait, Jean, encore bouleversé par la scène de la veille, n'était pas ce jour là allé à Lorient. Charles aborda son ami le sourire aux lèvres.

— Cet animal de Zango, commença-t-il, s'est mis dans un bel état hier ! Il était tombé ivremort dans ton cabinet de travail.

— Je crois en effet l'y avoir aperçu, répondit M. de Kernéis d'un air soucieux... Mais, ajouta-t-il, ne me parle pas de ce drôle, je n'ai pour lui qu'une médiocre sympathie.

— Oui, je le sais ; cependant ce n'est pas sa faute, si sa peau est d'une nuance plus foncée que la nôtre.

— Ce n'est pas sa couleur que je n'aime pas, répliqua Jean, mais son air arrogant et fourbe, son insolence et ses façons brutales.

— Bah ! je t'assure que tu te trompes sur son compte.

— Dieu le veuille ! fit M. de Kernéis... Laissons-là ce nègre, mon cher Charles, et rappelle-moi donc un détail.

— Lequel ? mon ami.

— Où étais-tu donc, demanda brusquement le magistrat, le soir où ton frère Henri a disparu ?

A cette question, à laquelle il était loin d'être préparé, Bertol pâlit, et, malgré toute son assurance, il ne parvint pas à cacher son émotion. Il balbutia, et ce ne fut qu'au bout d'un instant qu'il put répondre :

— Où j'étais ?... Tu le sais bien, j'étais à Paris pour régler quelques affaires d'argent... Malheureusement, ajouta-t-il aussitôt, car, sans cela, j'aurais accompagné Henri, et nous n'aurions pas sans doute à déplorer sa perte.

— Ah oui ! fit simplement M. de Kernéis qui avait attentivement observé son interlocuteur ; je me rappelle maintenant.

Il n'ajouta rien de plus ; cependant Charles remarqua sans peine qu'à partir de ce moment, le magistrat montrait à son égard une certaine froideur, malgré les efforts visibles qu'il faisait pour se contraindre. Bertol rentra chez lui dans un état d'agitation extrême.

— Je suis perdu, se disait-il, tout va se découvrir. Les soupçons de Jean sont éveillés, c'est certain ; cette question qu'il m'a posée à brûle-pourpoint le prouve assez, et mon trouble, dont je n'ai pas été maître, l'a confirmé dans son sentiment. C'est cette brute de Zango qui est cause de tout cela, avec son ivrognerie... Que faire ? Que faire ?

En arrivant à Plélan, il trouva Zango complètement remis de son orgie de la veille. Le nègre n'avait aucun souvenir de ce qui s'était passé. Bertol le mit au courant et lui raconta également la scène qui venait d'avoir lieu entre Jean et lui.

Zango courba la tête sous les reproches que lui adressait son complice.

— Il n'y a qu'un moyen, dit-il lorsque Charles eut fini de parler, de vous tirer de cette situation.

— Lequel ? demanda Bertol.

— C'est de vous défaire de Kernéis.

— Oui, répondit Charles sans sourciller, j'y ai songé déjà, mais comment ?

— Comment ? mais comme de l'autre, parbleu ! exclama le nègre.

— Je vois, mon cher Zango, répliqua Bertol, que ton esprit n'est pas encore bien lucide. Jean ne se promène pas dans les bois au clair de lune, comme mon frère en avait la mauvaise habitude, et il est rarement seul. Nous ne trouverons donc jamais, avec lui, l'occasion que nous avons eue avec de Valmont. Du reste, il nous faut agir avec la plus grande prudence.

— C'est vrai, répondit le nègre, je ne pensais pas à cela. Il faut chercher autre chose.

— Mais quoi ? demanda Charles.

Les deux complices se turent pendant quelques minutes, réfléchissant.

— Si nous employions le poison, fit tout à

coup Bertol, c'est encore plus sûr que le cou-
teau.

— Oui, c'est cela, répondit le nègre. Il ne
s'agit que de trouver un poison qui ne laisse pas
de trace et soit facile à administrer.

— J'en connais un, dit Bertol, dont j'ai entendu souvent vanter les effets foudroyants : c'est
l'acide cyanhydrique.

— Je le connais, répliqua Zango. Comment
nous en procurer ?

— C'est toi qui te chargeras de ce soin, et
voici la façon dont tu devras agir : Tu feras
un petit voyage en Angleterre, là, tu t'abou-
cheras avec un fabricant de produits chi-
miques, tu dépenseras mille, dix mille francs,
s'il le faut, pour te procurer le poison, et tu re-
viendras aussitôt.

— Et si l'on s'étonne à Kernéis de ne plus
me voir ?

— Je dirai tout simplement qu'à la suite de
ton orgie, d'hier, tu es obligé de garder le lit.

— Et nos domestiques ? demanda encore
Zango.

— Eh bien ! je leur ferai le même conte, j'ajou-
terai que tu ne veux recevoir personne dans ta

chambre et que je te soignerai moi-même. Du reste, ton voyage ne devra durer que deux ou trois jours, et tu partiras, cette nuit même, sur notre yacht.

— Notre yacht ! fit le nègre ; où est-il ? vous l'avez donc fait revenir ?

— Mais sans doute, mon cher Zango, il est à deux lieues d'ici, à l'entrée de la rivière d'Etel, avec son équipage au complet. C'est une précaution que j'ai prise en cas de malheur

— Vous ne m'en aviez pas parlé !

— C'est une surprise que je te ménageais, répondit Bertol en se frottant les mains.

La nuit même, ainsi que l'avaient décidé les misérables, Zango quittait inaperçu le château de Plélan, et s'embarquait sur le yacht.

Le lendemain, Charles annonçait à M. de Kernéis et à sa sœur la prétendue maladie du nègre.

Bertol remarqua que Jean se montrait envers lui plus réservé encore que la veille. Il en conclut que ses soupçons, loin de se dissiper, avaient au contraire acquis une nouvelle force, et il lui parut plus que jamais nécessaire de se débarrasser du magistrat.

—Sans doute, se disait-il, Jean est mon ami, mon camarade d'enfance. C'est le seul homme, avec Zango, qui ait jamais eu pour moi, une réelle affection. Mais pourquoi a-t-il surpris ce secret ? Il faut qu'il meure !... et qu'il meure avant d'avoir fait part à Jeanne de ses soupçons !

———

XII

Malgré la froideur de plus en plus marquée que lui témoignait M. de Kernéis, Charles n'en continua pas moins, pendant les quelques jours qui suivirent, ses visites au château.

Pourtant l'assassin de M. de Valmont attendait avec impatience le retour de Zango, pour mettre à exécution son second crime destiné à étouffer le souvenir du premier.

Le nègre arriva enfin.

Il avait pleinement réussi sa mission, et il rapportait d'Angleterre le terrible poison

Ce jour là, Charles prit congé, vers neuf heures du soir, de M. Kernéis et de sa sœur

Le noir l'attendait près de la grille.

Les deux bandits se cachèrent dans un fourré, d'où ils pouvaient apercevoir les fenêtres du château, guettant le moment favorable pour perpétrer leur forfait.

Ils virent tous les lumières s'éteindre, les unes après les autres, et bientôt il fut évident que tout le monde dormait au château.

Ils attendirent néanmoins encore deux heures.

Enfin, vers minuit, ils sortirent de leur cachette et s'avancèrent jusqu'au pied du mur qui entourait le parc.

Ils l'escaladèrent en un clin d'œil, et marchant avec précaution, arrivèrent bientôt devant une petite porte de service que, — Bertol s'en était assuré, — on ne prenait jamais soin de fermer à clef.

Les chiens, qui les avaient reconnus, ne lancèrent aucun aboiement.

Une fois entrés dans le château, il montèrent l'escalier sans faire le moindre bruit, et se trouvèrent bientôt devant la porte de la chambre de M. de Kernéis qui était située, — nous l'avons dit, — au premier étage.

Mais ils constatèrent, avec un profond désappointement, que cette porte était verrouillée à l'intérieur.

Ils restaient assez perplexes, lorsque tout à coup, Charles se frappa le front et, entraînant Zango, se dirigea vers une large fenêtre qui éclairait le corridor où ils se trouvaient. Cette fenêtre donnait sur le balcon qui courait tout autour du premier étage du château.

Une seconde après, ils étaient sur ce balcon, et le suivirent jusqu'à ce qu'ils fussent arrivés devant la fenêtre de la chambre de M. de Kernéis.

Là, ils retinrent une exclamation de joie en constatant qu'elle n'était pas hermétiquement fermée.

Ils n'eurent donc qu'à pousser avec précaution le chassis pour entrer dans la chambre.

A la lueur d'une veilleuse qui brûlait, on pouvait apercevoir M. de Kernéis, dormant d'un paisible sommeil.

Bertol sans hésiter prit des mains de Zango, la fiole contenant le poison, s'approcha du lit, et débouchant le flacon, le plaça aussitôt sous les narines du malheureux.

Celui-ci fit un mouvement brusque, un

spasme suprême agita tout son corps, et ce fut tout.

Il avait été foudroyé.

Le lendemain, Jeanne ne voyant pas descendre son frère, d'ordinaire très matinal, commença à s'inquiéter et envoya un domestique demander de ses nouvelles.

Le domestique revint en disant qu'il avait plusieurs fois frappé à la porte de M. de Kernéis, mais n'avait pas obtenu de réponse.

Jeanne monta alors elle-même. Après avoir en vain appelé son frère à diverses reprises et avoir inutilement essayé d'ouvrir la porte fermée en dedans, elle se décida à donner aux domestiques l'ordre de faire sauter la serrure.

Lorsque celle-ci eut cédé, Jeanne se précipita dans la chambre. A la vue du cadavre de son frère, elle poussa un cri terrible et tomba inanimée sur le parquet.

Quand elle eût repris ses sens, elle versa un torrent de larmes. Peu à peu, cependant, elle devint plus calme, et elle songea à envoyer chercher un médecin en même temps que Charles Bertol.

Celui-ci arriva le premier.

Le misérable, en présence du cadavre de sa victime, manifesta une douleur hypocrite, qui fit dire aux domestiques.

— Ce pauvre Monsieur Charles, comme il aimait notre maître !

Le médecin, un vieil ami de la famille, entra à son tour.

Pendant qu'il examinait le cadavre, on pouvait voir un pli soucieux se creuser au milieu de son front, et il semblait comme embarrassé !

Il fit à Jeanne et aux domestiques des questions très minutieuses sur ce que M. de Kernéis avait fait la veille, sur le menu de son dîner, sur l'heure à laquelle il s'était couché.

A plusieurs reprises, il renifla bruyamment, comme s'il percevait un parfun étrange.

Charles était intérieurement très inquiet, mais il ne laissait rien paraître de ses impressions.

Il la sentait bien, lui aussi, cette odeur qui frappait le médecin, c'était l'odeur d'amende amère laissée dans la chambre par l'acide cyanhydrique !

Enfin, le docteur cessa ses questions.

Il examina encore une fois le cadavre, et, avec quelques hésitations, déclara que M. de Kernéis avait dû succomber à une apoplexie pulmonaire.

Sur ses mots, il signa le permis d'inhumation et sortit brusquement.

Bertol respira.

Mais ses craintes n'auraient peut-être pas été complètement dissipées, s'il eut regardé par la fenêtre le médecin s'éloigner.

Celui-ci, après avoir franchi la grille du château, s'était arrêté sur la route, et, mettant la main sur son front :

— C'est bizarre ! murmura-t-il, cette mort ne me semble pas naturelle !

FIN DE LA SECONDE PARTIE

TROISIÈME PARTIE

Deux revenants

I

Dans une des rues qui avoisinent le parc Monceaux s'élevait, à l'époque, un hôtel splendide qui attirait les regards de tous les Parisiens.

Construit dans un goût oriental très accentué, sa façade semée autour des fenêtres de mosaïques remarquables, son balcon de marbre d'une blancheur éclatante, les décorations en parties dorées, sa porte terminée en dôme, s'ouvrant au fond d'une galerie en arcades, tout cet ensemble d'un style grandiose, dont est seul

capable le génie de l'Orient, faisait assez voir
que le propriétaire de cette demeure merveil-
leuse devait posséder une fortune princière
pour s'être permis un luxe dont on avait peu
d'exemples.

Cet extérieur, si riche cependant, n'était rien
à côté des merveilles accumulées dans l'intérieur de l'hôtel.

Les cours dallées de marbre, tapissées d'étof-
fes, étaient rafraîchies par des bassins et des jets
d'eau ; les salles splendides, somptueusement
meublées, couvertes de tapis d'une valeur inap-
préciable. Les plafonds très brillants, arqués,
étaient divisés tantôt en une foule de petits
compartiments creux où un nombre infini de
facettes, peintes de couleurs vives et variées,
formaient des dessins agréables autour de petits
miroirs éclatants ; tantôt ils étaient garnis comme les murs de cristaux grenats, bleus et blancs,
enchâssés dans l'or.

Dans une des salles de cet hôtel, deux hommes sont assis, ou plutôt couchés sur des divans
moelleux, et fument dans des narguilés, en
causant et en lançant dans l'air des nuages de
fumée d'un bleu pâle et d'un parfum pénétrant.

Tous deux sont vêtus d'un élégant costume d'intérieur.

L'un, petit et trapu, a le teint hâlé et les manières brusques d'un matelot. L'autre attire l'attention par une large cicatrice que dissimule mal une longue barbe, et qui part du sourcil gauche jusqu'à la bouche, donnant à la physionomie, d'ailleurs douce et agréable, une expression d'énergie remarquable.

Ce dernier — nos lecteurs l'ont deviné sans doute — n'est autre que M. de Valmont, connu sous le nom de prince Nadir. Son interlocuteur est l'ancien capitaine au long cours Le Goff, devenu, après les événements que nous avons précédemment racontés, son ami et son compagnon inséparable.

M. le comte de Valmont, de retour en France, ne voulait pas reparaître à Kernéis. Il était persuadé que sa femme, la maîtresse de Bertol, avait été sa complice, et il ne voulait pas traîner son nom devant les tribunaux.

Le Goff, lui, allait tous les mois incognito à Lorient pour voir sa fille, qui lui avait raconté aussi les événements postérieurs à la disparition du corps de M. de Valmont.

Quand il apprit qu'on l'avait soupçonné du crime :

— Oh ! les canailles ! cria-t-il. Mille cartahus ! il n'y a donc pas de bon Dieu, pour que des coquins pareils soient encore sur terre ! Ah ! si de Valmont voulait, leur compte serait vite réglé.

Chaque fois que Le Goff allait à Lorient, il était obligé d'avertir sa fille afin que celle-ci s'éloignât de Pengam. Malgré tout le plaisir qu'il aurait eu de serrer la main à son vieux camarade, il évitait absolument de le voir

De Valmont lui avait fait sentir la nécessité de cette résolution.

Connaissant le caractère emporté du matelot, il craignait que celui-ci, désireux de se marier et de faire voir au grand jour l'innocence de Le Goff, ne pût contenir son ressentiment et ne fît un éclat, qu'Henri voulait à tout prix éviter.

Cependant Le Goff parlait souvent de tout cela au prince.

Un jour ou l'autre, il faudrait bien qu'on sût que lui, Le Goff, était innocent ; d'ailleurs son consentement était nécessaire au mariage de sa

fille, et pour le donner, il fallait qu'il quittât
son incognito...

A toutes ces raisons, M. de Valmont répliquait qu'il fallait attendre encore, que la vérité
se saurait et que peut-être, avec elle, viendrait
la vengeance.

Et le marin patientait.

D'ailleurs, il se trouvait bien dans ce palais,
où il tranchait du maître et où tout le monde
lui obéissait comme s'il avait encore été sur
son bâtiment.

Et puis, bien qu'il approchât de la cinquantaine, l'ancien capitaine était encore vert, et
comme il était bien posé, franc d'allures et de
manières, et les poches pleines d'or, il faisait
encore la cour aux femmes, et plusieurs s'étaient
laissé séduire.

En un mot, cette vie lui plaisait ; il aimait ces
choses d'Orient, ces dorures, tous les ornements
d'éclat ; souvent même, il ne trouvait pas
assez bien ce qu'on faisait et surenchérissait
encore sur le luxe que déployait M. de Valmont.

Depuis qu'il était à Paris, celui-ci menait une
existence fastueuse, essayant d'ensevelir les
souvenirs du passé.

Il donnait des soirées splendides auxquelles était convié tout le Paris artistique et mondain.

Affectant pour les préjugés encore vivaces de la noblesse un dédain visible, il recevait chez lui tous ceux qui avaient quelque renom d'originalité.

Les artistes et les femmes à la mode tenaient une grande place dans ses salons.

Il recevait tout le monde avec une égale affabilité. Empressé auprès de toutes les femmes sans jamais affecter une préférence quelconque pour aucune d'elles, il avait l'air de ne pas comprendre les propositions à demi voilées qui pleuvaient sur lui.

Cette indifférence, qui eût pu faire naître de la part des intéressées une rancune d'amour-propre, était mise sur le compte d'une originalité native ou d'un parti pris invincible. On le regardait comme une nature fantasque, bizarre, incompréhensible, mais surtout comme un protecteur des arts, comme un Mécène, comme un homme de bien.

Avec les hommes, il causait de tout :

Musique, peinture, littérature formaient le fonds de ses conversations ordinaires ; il avait

déjà lancé plus d'un jeune peintre que la mi-
sère empêchait d'arriver, et, autour de lui,
c'étaient des élans de reconnaissance dont il
était fier.

Quand on lui demandait comment il pouvait
vivre sans maîtresse, il s'empressait de parler
d'autre chose; on remarquait même qu'il restait alors triste toute la soirée, et on évitait autant que possible de faire allusion devant lui à
sa vie de profès.

Le soir du jour où nous retrouvons M. de
Valmont, installé à Paris avec Le Goff, devait
avoir lieu un grand dîner suivi de soirée, donné
en l'honneur d'un jeune peintre, Louis de
Tavannes, grand ami du prince, qui venait de
remporter le prix de Rome.

— Hé bien ! Le Goff, dit le prince, avez-vous
donné les ordres pour ce soir ?

— Oui, oui, prince. J'ai fait mettre des fleurs
partout ; il y en a sur chaque marche de l'escalier. Votre ami le peintre ne s'attend pas à l'ovation que vous lui préparez.

— Oh ! une ovation ! C'est trop dire ; je veux
simplement lui montrer combien je suis heureux de son succès.

— D'autant plus que c'est bien un peu à vous qu'il le doit.

—Comment, à moi ?... C'est son talent qui lui a valu le prix. Ce n'est pas moi qui ai tenu ses pinceaux.

— Évidemment, mais si vous ne lui aviez pas prêté un peu d'argent ! Et si vous ne l'aviez pas presque forcé à concourir...

—Cela n'ôte rien à son mérite. Et de l'avis de tous, son tableau est un chef-d'œuvre... Mais comment se fait-il qu'il ne soit pas encore arrivé ?

—Il n'est que trois heures ; il ne doit venir que vers quatre ou cinq heures. Vous avez hâte de le féliciter. Voulez-vous jeter un coup d'œil sur la décoration du grand salon ?

— Non, merci, je m'en rapporte entièrement à vous. Je vais me préparer à recevoir mon monde; je vous conseillerais d'en faire autant, car je crois que nos invités ne se feront pas attendre longtemps.

— Oh ! j'ai bien le temps !

— Dites donc, Le Goff, vous savez que j'ai reçu un mot de Mme de Vaudran. Elle a accepté mon invitation. J'ai remarqué que

vous étiez fort empressé auprès d'elle, et je
vous en félicite. Par exemple, si elle vous
trouvait en train de relever les tentures, elle
pourrait bien vous rayer de son album.

— Alors, c'est différent, je cours me blanchir
la peau, dit le marin en riant.

Et les deux hommes se retirèrent dans leur
appartement respectif.

Comme l'avait présagé Le Goff, M. de Tavannes arriva vers quatre heures et demie à
l'hôtel, et derrière lui, presque immédiatement,
parurent les autres invités. Le petit salon compta
bientôt une trentaine de personnes, jeunes hommes de lettres, peintres, etc.

M. de Valmont, accompagné de Le Goff,
allait au-devant de tous avec une égale amabi-
lité, et présentait à ceux qui ne le connaissaient
pas, le jeune peintre son ami.

A sept heures précises, on vint annoncer que
le dîner était servi.

Le Goff ouvrit la marche avec Mme de
Vaudran, et de Valmont la ferma avec une jeune
cantatrice belge en renom.

Il fallait-être un habitué de la maison
pour ne pas s'extasier devant la mise en scène

fastueuse déployée dans cette salle à manger.

Il y avait bien quelques places vides, mais on n'attendit pas, et on se mit à table avec entrain. Un incident vint au début du dîner mettre en gaîté tous les convives.

On venait de terminer le potage, et le sommelier commençait son service. Comme il versait du vin à Mme de Vaudran, un domestique le coudoya maladroitement, et quelques gouttes de liquide tombèrent sur les mains de la dame.

— Mille cartahus ! fit Le Goff ! ça ne sait pas seulement tenir son bourjaron !

Et comme on accueillait son exclamation avec des rires, il lança au sommelier un regard si terrible que celui-ci laissa échapper la bouteille. Le Goff se leva, et il allait peut-être se livrer à un acte fâcheux, quand sa voisine, le tirant par la manche de son habit le força à se rasseoir.

L'irascible marin se calma immédiatement.

Le dîner fut superbe ; toutes les raretés de table s'y rencontrèrent, et les plats orientaux, mêlés çà et là à la cuisine française, eurent un succès d'honneur.

Pour la vingtième fois peut-être, on questionna M. de Valmont sur les Indes.

Avec une bonne grâce parfaite, il racontait toujours quelque anecdote nouvelle.

Depuis longtemps déjà, on regardait avec curiosité la blessure qui lui balafrait la joue. Personne n'avait osé le questionner à ce sujet. On pensait à une histoire de tigre, à une lutte corps à corps avec un de ces rois du désert indien, et tout le monde brûlait de savoir. Mais comme jamais le prince ne parlait de lui, on craignait de l'offenser.

Cependant, ce soir-là, Mme de Vaudran qui, en sa qualité de jolie femme, se permettait beaucoup de choses, et dont la curiosité voulait à tout prix être satisfaite, souleva l'attention générale par une question directe.

— Prince, dit-elle, où donc avez-vous reçu cette blessure qui vous sépare la joue en deux ?

— C'est une maladresse, répondit de Valmont. L'histoire en est banale.

— Mille cartahus ! s'écria Le Goff, en sautant sur sa chaise. Une maladresse !... une histoire banale !...

Et, malgré les gestes de son ami, il fit, tout

au long, le récit de la bataille où M. de
Valmont avait reçu la balafre.

Quand il eut fini on cria : Bravo !

— Vous nous cachiez vos exploits, c'est mal !
dit la voisine du prince, une femme de lettres
fort amoureuse de lui, parce qu'il ne voulait
pas d'elle.

— Oui, c'est fort mal ! ajouta de Tavannes,
en frappant sur l'épaule de de Valmont.

Celui-ci, pour éviter ces marques d'enthou-
siasme, se leva de table, en demandant si on
était prêt à passer au salon.

Tout le monde suivit son exemple.

Nous laisserons les convives profiter des
charmes de la réception de M. de Valmont,
et nous rejoindrons celui-ci sur le balcon où
il paraît en conversation très animée avec le
jeune peintre de Tavannes.

— C'est une femme étonnante, disait ce dernier. Personne ne sait au juste d'où elle vient.
Elle est fort belle et elle n'a pas même un amant.
Elle est, je crois, fort riche, car elle donne des
soirées presque aussi remarquables que les
vôtres. Elle a fait son apparition, un jour, il y
a deux ans à peine, au Bois, où on ne l'avait

jamais vue. Immédiatement, elle a eu une foule d'adorateurs. Elle a accepté presque toutes les visites qu'on sollicitait ; elle nous reçoit tous avec la même grâce ; cependant quand on se risque à parler d'amour, elle vous ferme la bouche avec la main, en vous disant : « Je ne vous aime pas », et elle vous tourne le dos !

« On entre très facilement dans son boudoir. Elle s'étend sur un sofa et vous offre une chaise à trois mètres d'elle. Dernièrement, de Mernac, qui en est fou, et pour lequel elle a des attentions toutes particulières, s'est approché d'elle, lui a dit à genoux qu'il l'adorait et a voulu prendre un baiser.

« Elle a saisi un petit stylet qui se trouvait à sa portée sur la cheminée et lui en a donné à la main un coup si violent qu'elle l'a blessé. Comme il la regardait avec un air de reproche, elle s'est levée et a déposé un baiser sur la main ensanglantée, puis elle s'est sauvée.

— C'est une tigresse, cette femme, interrompit de Valmont. Et vous dites qu'on ne sait pas de quel pays elle vient ?

— Elle se dit mexicaine et elle en a en effet, le type indéniable. Je lui ai souvent parlé de vous.

Elle a témoigné le désir de vous être présentée.

— Mais rien n'est plus facile ; ce que vous venez de me raconter pique ma curiosité, et je serai enchanté de la connaître. Ne pourrais-je me trouver avec vous sur son passage, au Bois, où elle doit aller quelquefois ?

— Presque tous les jours, elle sort trois ou quatre heures en voiture. On dirait presque qu'elle cherche quelqu'un. Elle répond à peine aux saluts qu'on lui adresse et ne se laisse pas aborder. Il y a d'ailleurs un moyen plus simple. A votre prochaine soirée...

— Parfaitement, vous l'inviterez en mon nom.

— C'est cela même.

— Croyez-vous qu'elle vienne ?

— J'en suis sûr.

— Tant mieux.

— A moins qu'elle n'ait changé d'idée... Elle est si fantasque.

— Nous verrons. Et comment se nomme cette curiosité féminine ?

— Elle se fait appeler Nijala d'Espénas, mais elle dit très haut que ce n'est pas son vrai nom, qu'elle a, paraît-il, intérêt à cacher.

—De plus en plus mystérieux. Mardi, j'espère que vous l'aménerez ; je veux voir de près cette beauté mexicaine.

— Vous pouvez y compter, cher prince.

—Si vous le voulez, nous allons rentrer au salon, où on doit remarquer notre absence.

Les deux hommes arrivèrent au salon au moment où Mme de Vaudran finissait de chanter une barcarolle, juste pour l'applaudir.

Abandonnons un instant M. de Valmont et ses invités pour rejoindre la femme dont il vient d'être question, et que de Tavannes a désignée au prince sous le nom de Nijala d'Espénas.

II

Après la fuite de Bertol, Anita était retournée à *l'hacienda* de Las Rosas. Désespérée d'abord de l'abandon de l'homme auquel elle s'était donnée, elle avait fait une maladie grave, et pendant près de trois mois on avait désespéré de la sauver. Par bonheur sa nature robuste avait enfin triomphé, et elle était sortie de cette maladie guérie de corps et de cœur.

La souffrance avait mis sur sa figure un cachet de gravité qui lui allait à merveille. Un peu amaigri, son corps avait perdu de cette force qui l'alourdissait, et ses grands yeux ressortaient davantage sous le teint pâli par les nuits enfiévrées.

En vrai Mexicaine, elle résolut de vivre pour sa vengeance.

Elle voyait clair maintenant dans le passé de son mari. Sa vie de bandit, ses vols lui dévoilaient le chemin qu'il avait suivi. Sans qu'elle en sût la raison, il devenait évident, pour elle, qu'il n'avait cherché que la fortune.

Elle n'avait pas hésité un instant : Charles était en France, c'était là qu'il fallait le poursuivre.

Tout d'abord, elle s'était résolue à le tuer, puis avait réfléchi que cette vengeance ne serait pas complète. Il devait y avoir une affection de jeunesse ; elle le sentait : c'était là qu'il fallait frapper. Elle trouverait celle qui était cause de son malheur et lui dirait ce que valait Charles le bandit.

L'*hacienda* de Las Rosas, son seul bien, était une propriété importante: elle la vendit, réalisa tout ce que Bertol n'avait pu lui prendre, et se trouva en possession d'une somme d'environ un million de piastres qu'elle résolut de sacrifier à la haine.

Avec son caractère, Charles ne pouvait vivre que dans le grand monde, dans un milieu digne de sa fortune. La route à suivre était donc toute indiquée: elle résolut de se faire remarquer par son luxe, persuadée qu'un jour ou l'autre elle finirait par l'atteindre.

Voilà pourquoi Anita s'était installée dans un appartement très riche de la rue du Helder. Voilà pourquoi elle connaissait tout ce qu'il y a de gens remarquables à Paris ; voilà pourquoi enfin elle voulait faire la connaissance du prince Nadir, chez lequel venaient se coudoyer toutes les grandes fortunes.

Depuis son arrivée à Paris, Anita n'avait pas manqué (le peintre l'avait dit à de Valmont) d'avoir toutes les occasions de devenir une des femmes à la mode.

On lui avait offert de brillantes situations, des fortunes s'étaient mises à ses pieds: elle résistait à toutes les propositions ; quelques-uns même avaient parlé de mariage, et, à leur grand étonnement, avaient été éconduits de la même façon que les autres.

Cependant, toutes ces résistances devaient cesser un jour, c'était fatal.

Anita, par tout le luxe qu'elle déployait, par tout l'argent qu'elle dépensait en recherches, jusqu'alors inutiles, épuisait peu à peu ses ressources et voyait approcher le jour où, forcément, pour ne pas abandonner la partie, il lui faudrait prendre un appui dans un de ses adorateurs.

Trop fière pour demander de l'argent et trop franche pour tromper qui que ce soit, elle cherchait un moyen de concilier son honnêteté avec sa vengeance.

C'est sur ces entrefaites qu'elle reçut, par la bouche de de Tavannes, une invitation à la soirée que devait donner le lendemain le prince Nadir, invitation qu'elle accepta avec empressement.

Sans avoir jamais vu le prince, il lui semblait que cet homme devait avoir dans sa vie quelque mystère.

Il y avait entre eux une similitude bizarre de sentiment : elle, dédaigneuse de tous les hommes; lui, dédaigneux de toutes les femmes.

Elle sentait qu'elle allait trouver là une force et un appui solides. Elle sentait que les douleurs d'un autre allaient lui faire oublier ses propres souffrances ; elle était heureuse en pensant qu'elle allait pouvoir associer sa haine à une

autre haine, et puis, elle avait besoin d'une
amitié. Elle voyait autour d'elle naître une
hostilité sourde : des refusés, des éconduits, des
mécontents qui déjà, tout bas, lui accordaient
mille amants de bas étage, ou mille défauts
inavouables.

Seul, le petit de Mernac, continuait auprès
d'elle une cour assidue. Il était un de ceux qui
s'étaient avancés jusqu'à prononcer le mot de
mariage. Celui-là seul semblait la comprendre.
Seul, il avait l'air sérieusement épris. Mais elle
avait tant repoussé ses offres, que maintenant
elle n'aurait pas osé les accepter, pensant que
ce serait une honte, si l'on arrivait à savoir que
le manque d'argent coïncidait avec la fin même
de sa résistance.

Les autres, elle n'y pensait même pas. Il y
avait bien quelques amis vrais, de Tavannes
entre autres, qui l'admiraient en silence, mais
ceux-là étaient des artistes, gens de cœur et de
peu d'argent.

Plus elle avait cherché un soutien, plus elle
avait trouvé de gêneurs.

Une occasion lui était offerte de faire la
connaissance d'un homme ne ressemblant

pas aux autres hommes, elle s'en saisit avide-
ment.

Le lendemain, vers les huit heures, elle fit
son entrée dans les salons du prince Nadir, au
bras de de Tavannes. Mise avec une simplicité
recherchée, qui lui seyait à ravir, le regard
hautain sans insolence, la démarche fière sans
hardiesse, elle fut reçue par un tolle général
d'admiration, auquel elle répondit par un sourire, en donnant sa main au prince qui s'était
avancé au-devant d'elle.

— Madame Nijala d'Espénas, présenta de Tavannes.

— Je ne saurais trop vous remercier, madame, dit de Valmont, d'avoir bien voulu vous
rendre à mon invitation. Tout le bien qu'on
m'a dit de vous m'avait donné le plus vif désir
de faire votre connaissance.

— Ce désir était partagé, monsieur, croyez-le
bien. Pour le bien qu'on vous a dit de moi, on
a eu tort : je ne le mérite certainement pas.

— Oh ! je sais qu'il y a bien de vos amis qui
vous trouvent méchante, mais, malgré cela, je
maintiens tout ce que j'ai dit.

Anita et de Valmont échangeaient ces quelques mots d'usage en se regardant et en s'observant à la dérobée.

A première vue, ils se sentaient attirés l'un vers l'autre par une sympathie bizarre, sympathie que ressentent ceux qui souffrent pour l'infortune des autres, alors même qu'ils ne la connaissent pas.

La figure franche quoique soucieuse du prince plaisait à la jeune femme, et celui-ci ne se lassait pas d'admirer la beauté qui était en face de lui.

Après avoir offert son bras à Anita, de Valmont fit avec elle le tour du salon ; il remarqua l'attention avec laquelle elle dévisageait tous les invités, et les paroles du peintre lui revinrent à l'esprit. Comme lui, il pensa que cette femme était venue à Paris pour y chercher quelqu'un, un amant sans doute, qui l'avait abandonnée.

Ils causèrent de Paris, de la vie qu'on y menait, des femmes, des hommes qu'ils connaissaient, sans âcreté, sans méchanceté, ne leur trouvant que peu de défauts et beaucoup de qualités, comme des gens qui restent indifférents à ce qui ce passe autour d'eux.

Vers minuit, Anita se retira après avoir fait promettre à de Valmont qu'il viendrait la voir le lendemain.

— Nous sommes, lui dit-elle, comme deux âmes étrangères au milieu du monde parisien ; détachés de tout ce qui est pour les autres un attrait, nous vivons parce qu'il faut vivre, peut-être parce que nous avons besoin de vivre. Venez demain chez moi, nous causerons : nous aurons peut-être bien des choses à nous dire. Il me semble que nous devons nous entendre.

De Valmont promit.

Cette femme l'intriguait. Il ne voyait pas bien le but qu'elle poursuivait, mais sa ténacité lui plaisait ; elle allait droit devant elle, sans se laisser arrêter par les obstacles ; il aimait ces caractères ; il ne la comprenait pas encore et voulait la connaître.

Quand elle partit, il lui serra la main avec une émotion affectueuse qu'elle éprouvait aussi de son côté !

III

Le jour suivant, de Valmont se présentà chez la Mexicaine comme il avait été convenu. Il fut reçu avec toute l'affabilité possible et remarqua, non sans intérêt, combien simple et riche était l'intérieur de Mme d'Espênas. La sévérité de l'ameublement étonnait en même temps que la richesse excitait l'admiration.

Par hasard, ce jour-là, Anita n'avait reçu aucune visite.

Elle invita de Valmont à s'asseoir à côté d'elle sur un canapé, comprenant qu'elle n'avait rien à craindre, et qu'après un entretien plus ou moins long, ils se quitteraient **en amis, en** complices peut-être.

Leur conversation fut cependant banale. Ils étaient gênés. Chacun eût voulu connaître le secret de l'autre, et aucun d'eux n'osait aborder la question de vie antérieure.

Ils se confièrent cependant tout bas, ou du moins ils se firent entendre réciproquement qu'ils n'étaient pas aussi heureux que le monde pouvait le penser, et que, loin derrière cette vie qui semblait faire leur bonheur, il y avait quelque chose, une pensée qui les tourmentait, qui les obsédait.

Ils se séparèrent donc sans s'être rien précisé de leurs malheurs, mais sentant bien qu'un jour ou l'autre la confession viendrait.

De Valmont surtout brûlait de savoir le passé d'Anita. Il avait tâtonné, parlé de mari mort, n'osant parlé d'amant perdu ; mais il avait vu une larme briller dans les yeux d'Anita et il s'était tu.

Leurs relations devinrent plus intimes de jour en jour. Ils se voyaient comme pour fuir le flux des indifférents qui roulaient autour d'eux, mais toujours avec cette réserve qu'ils n'osaient vaincre, quand un mot de de Valmont vint enfin rompre ce silence qui leur pesait, et donnant libre cours aux confidences, les réunit plus étroitement par la similitude de leur vie passée.

Comme il exprimait des sentiments hostiles à l'Angleterre, elle vint à lui parler, tout naturellement, des dangers qu'il avait dû courir aux Indes.

— Vous devez vous estimer heureux, ajouta-t-elle, de ne pas y avoir laisser la vie. En effet, si j'en crois ce que j'ai entendu dire, les représailles des Anglais ont été terribles.

— Ah ! laissa échapper de Valmont, si je n'y ai pas trouvé la mort, je vous jure que ce n'est pas de ma faute !

Elle le regarda avec étonnement.

— Je savais bien, dit-elle, qu'il y avait dans votre vie quelque aventure tragique. Car enfin, l'existence que vous menez n'est ni de votre âge, ni de votre rang. Ce titre de prince vous a été donné là-bas, soit ; mais je suis certaine que, comme moi, vous avez intérêt à cacher votre nom.

Et comme elle voyait que de Valmont baissait la tête, elle se tut et une larme brilla sous ses cils noirs

De Valmont la regardait ; et lui prenant la main :

— Nijala, vous aussi vous avez souffert. N'éprouveriez-vous pas un soulagement à vous épancher dans le sein d'un ami. Car vous ne doutez pas de mon affection, n'est-ce pas ?

— Oh non ! cher prince ! Et tenez ! j'ai ici une tâche à remplir, je dirai même plus, une vengeance : j'ai été abandonnée, ruinée par un lâche ; peut-être pouvez vous m'aider, peut-être aussi ne le retrouvrai-je jamais, celui que je cherche. Mais comme vous l'avez dit, j'ai besoin d'un ami qui me console ; mon secret m'étouffe, je souffre davantage du chagrin solitaire. J'ai confiance en vous. Seul, vous m'avez accueillie en ami sincère ; seul, vous ne m'avez pas dit de paroles blessantes pour ma dignité de femme. Vous avez compris qu'il y avait à côté de vous une douleur, sœur de la vôtre, et je suis sûre que vous vous êtes vu entraîné vers moi, ainsi que moi-même je me suis sentie attirée vers vous.

« Oui, mon cher prince, j'ai été bien coupable, j'ai été mauvaise fille, j'ai été complice d'une vie que réprouveront tous les honnêtes gens.

Oui ! on aura peut-être raison de me jeter la pierre et de me dire que ma douleur n'est qu'une juste expiation de mes fautes. A tout cela je ne pourrai répondre qu'un mot :

.Je ne suis pas si coupable que vous le pensez : j'aimais.

« Mon vrai nom est Anita Pajaro. J'étais heureuse chez mon père ; j'étais riche, oh ! très riche. Un homme est venu un jour me demander l'hospitalité.

« Il était grand comédien ; il m'a juré qu'il m'adorait : je l'ai cru. C'était absurde, n'est-ce pas?... Mon père a refusé de nous unir, j'ai voulu partir avec lui.

« Il m'a avoué alors qu'il était chef de bandits, et je n'ai pas hésité ; j'ai tout quitté, je l'ai suivi. Riche un jour, pauvre le lendemain, j'ai mené avec lui une existence épouvantable. Après avoir échappé bien des fois à la justice des hommes, il s'est vu ruiné, sans ressources; je l'aimais encore, il m'a persuadé que je devais retourner chez mon père ; j'ai obéi, et je suis arrivée chez ce vieillard que j'avais osé quitter, pour recevoir son dernier soupir. Il est mort en me pardonnant et en me laissant une fortune princière. Nous étions riches alors ; nous nous sommes mariés, et six mois après l'infâme m'abandonnait, emportant avec lui la plus grande partie de ma fortune.

« Oh ! alors, j'ai senti naître la haine qui me dévore.

« Je sais qu'il est en France, je suis venue l'y chercher ; je veux me venger. C'est maintenant le seul but de ma vie !... Me trouvez-vous coupable et indigne de vous serrer la main ?

— Non, ma chère Anita, je vous plains de tout mon cœur ; l'homme qui a été cause de votre perte est un misérable ; vous l'avez aimé, c'est ce qui vous absout. Je comprends votre haine, vos idées de vengeance ; je vous approuve ; je vous dirai même plus : je vous aiderai de tout mon pouvoir. Ce sera pour moi un remède à cette vide existence. Ma fortune me gêne, elle ne me sert pas. Je vous offre mon aide ; vous me l'avez demandée, vous ne pouvez plus refuser : à nous deux, nous trouverons.

« Au revoir, Anita ! Espérez !

. . . .

En rentrant chez lui, M. de Valmont réfléchit longuement à tout ce qu'il venait d'entendre.

Il s'intéressait de plus en plus à cette femme, et décida, lui qui ne voulait pas venger ses injures personnelles pour l'honneur de son nom, de faire tout ce qui serait en son pouvoir pour assurer la vengeance d'Anita.

Lorsqu'elle vint chez lui, le lendemain, de Valmont la pria de lui donner quelques détails sur lesquels elle n'avait pas insisté la veille.

— Ne connaissez-vous rien sur sa famille ? lui demanda-t-il.

— Rien, absolument rien. Il s'est procuré, je ne sais comment, des pièces au nom de Charles de Saint-Pol ; c'est le nom qu'il m'a donné. Evidemment ce nom n'est pas le sien. Je n'ai aucun indice qui puisse faciliter nos recherches... Ah ! mon cher prince, j'ai bien peur de dépenser le peu d'argent qui me reste avant d'aboutir à un résultat quelconque !

— Ma chère amie, vous devez vous souvenir de ce que je vous ai dit hier. J'ai réfléchi et voici ce que j'ai décidé. Vous viendrez demeurer avec moi dans cet hôtel. L'aile de gauche n'est pas habitée, vous y ferez transporter vos meubles : je me charge du reste. Quant à l'argent, ne vous en occupez pas ; ici vous n'avez besoin de rien. Vous avez eu confiance en moi, en me racontant vos malheurs, j'ai accepté tout ce que vous m'avez demandé; à mon tour je vous fais une offre : je vous en prie, acceptez-là.

— Mais le monde, que dira-t-il ?

— Le monde est au-dessous de nous. Je ne crains pas la calomnie.

— Moi-même, prince, moi-même, puis-je accepter sans honte ce que vous m'offrez?

— Et pourquoi auriez-vous à rougir ? Me pensez-vous capable de vous demander un jour la récompense d'un service... Tenez, Anita, vous voulez savoir si, au fond de ma proposition, il n'y a pas une pensée cachée. Eh bien! non. Tout ce que je veux, c'est faire de vous ma meilleure amie. Tous deux nous avons souffert. Et pour bien vous prouver que c'est cette seule ressemblance entre nos deux vies qui me dicte mes actes, je veux n'être pas moins confiant en vous que vous l'avez été en moi.

« Vous parlez de vos souffrances, Anita, vous avez été trompée, abandonnée. Avec moi, on a eu moins de scrupules.

«Ma femme m'a fait assassiner par son amant... et cet amant, c'était mon frère!

— Caïn ! ne put s'empêcher de s'écrier Anita, pâle d'horreur, tout comme l'avait fait Le Goff en écoutant ce même récit.

— J'ai échappé à la mort par une sorte de miracle, reprit M. de Valmont. Je suis allé aux Indes. J'en suis revenu avec des millions, et je n'ai pas même la consolation de pouvoir me venger. Je sais, moi, où sont mes assassins. Ils sont heureux, si toutefois on peut être heureux, ou s'aimer, quand on a entre soi un cadavre Mais moi, j'ai une famille, un nom à sauvegarder, un nom qui n'est pas mien et que je ne peux pas compromettre. La vengeance viendra-t-elle ? Je ne sais, je l'attends. En attendant, je suis obligé de me taire, et la nuit, quand il m'arrive de dormir, je vois ma femme, que j'adorais, dans les bras de mon assassin.

« Comprenez-vous maintenant, Anita, pourquoi je viens à vous, pourquoi je suis heureux de tenir l'espoir d'une vengeance qui n'est pas la mienne ? Comprenez-vous combien j'ai pitié de vos souffrances ? Moi qui souffre, obligé de garder le silence et de me cacher comme un coupable, moi qui n'ai jamais fait que le bien, je saisis avec joie l'occasion de faire trembler un criminel. Il me semble que punir un lâche, c'est laver en partie les injures qu'on m'a faites.

Tout en parlant, il s'était levé et marchait à grands pas dans le salon. Maintenant il était devant la Mexicaine et lui tendait les mains.

La jeune femme se leva et, pressant les mains qu'on lui offrait, elle dit simplement:

— J'accepte.

— Merci ! murmura de Valmont. Demain je veux que vous soyez installée ici : Vous y serez comme chez vous ; je ne vous verrai que lorsque vous me ferez demander et je me mets à votre entière disposition. Nous sortirons ensemble, si vous voulez ; à mon bras, je vous présenterai dans les salons les plus riches de Paris, et, si votre mari est en France, nous le retrouverons.

IV

Anita était installée définitivement chez M. de Valmont. Celui-ci ne négligeait rien pour plaire à la jeune femme et pour dissiper ses ennuis. Bals, soirées se répétaient presque quotidiennement. Ils sortaient ensemble, et comme cela était facile à prévoir, on commençait à jaser, sans cependant laisser rien paraître.

On disait tout bas que la Mexicaine avait bien caché son jeu en dédaignant toutes les petites fortunes ; il lui fallait un coup de maitre.

Elle avait jeté son filet avec une adresse vraiment surprenante ; la réussite était aussi complète qu'inattendue.

Les hommes riaient de leur sottise : ils l'avaient crue imprenable, cette belle dédaigneuse.

Les femmes en disaient tout le mal possible, cela va sans dire.

Les bonnes langues n'épargnaient même pas de Valmont, ce prince qui venait on ne sait d'où, un aventurier ; ils étaient bien ensemble : deux rastaquouères !

Quelques-uns des familiers du prince essayaient de le défendre. Il n'y avait entre eux, assurait de Tavannes, que des rapports d'amitié; on lui riait au nez, et peu s'en fallait qu'on ne le traitât de naïf.

Cependant, quand ils arrivaient au Bois, ils étaient salués et entourés de tout le monde. A part quelques regards jaloux, on s'extasiait devant la beauté de la Mexicaine.

Quelques intéressés avaient bien essayé de faire parler de Valmont.

On lui adressait des mots flatteurs à double entente. Lorsqu'un de ses amis le complimentait :

— Et de quoi donc, s'il vous plaît, répliquait le prince, me félicitez-vous ?

Comme le ton de la réponse embarrassait visi-

blement l'interlocuteur, celui-ci s'en tirait tant
bien que mal, en ajoutant :

— D'avoir pour amie une femme aussi charmante que Mme d'Espénas.

— En effet, elle est charmante ; je vous con-
seillerai de lui faire la cour, car celui qu'elle
choisira aura la plus belle et la meilleure des
femmes.

Et il tournait le dos.

On ne savait plus que penser.

Le prince disait-il vrai, ou se moquait-il ?

Et on les épiait.

On observait leurs moindres mouvements,
mais jamais on ne surprenait entre eux le
moindre mot, le plus petit geste qui eût pu
faire supposer des relations autrement intimes.

Ils s'apercevaient de cet espionnage qui
s'exerçait sans cesse autour d'eux, et ils en
riaient.

— Ils me croient femme à prendre un amant,
disait Anita. La leçon a été trop dure, la première
fois ! S'ils savaient comme ils se trompent !
Et puis ne sommes-nous pas mariés tous les
deux ?

En effet, ils étaient mariés moralement, tout au moins par la vengeance !

Cependant, Anita n'était pas plus avancée qu'au premier jour : ils avaient beau fouiller Paris dans tous ses coins, nulle part encore elle n'avait aperçu un indice qui pût la mettre sur la trace de celui qu'elle cherchait.

Elle en était désespérée et avouait à de Valmont qu'elle croyait avoir suivi une fausse piste.

— Êtes-vous certaine, mon amie, qu'il se soit embarqué pour la France?

— Oh ! absolument certaine. Le seul navire en partance, au moment où il a disparu, venait à Bordeaux. Peut-être s'est-il arrêté dans une grande ville. Peut-être voyage-t-il ; je ne crois pas que sa nature aventureuse ait pu longtemps se fixer dans un endroit. Il aime les émotions, le danger même. Nous le cherchons ici, quand il est sans doute bien loin.

— Croyez-vous, Anita ? Pourquoi vous aurait-il abandonné pour courir le monde ? S'il a agi ainsi, c'est qu'il avait une raison cachée et que nous ne pouvons deviner...

« Et cependant, le secret d'un homme dont

l'argent n'est plus le mobile est presque toujours un amour de femme. L'inspiration que
vous avez eue en venant ici doit donc être
bonne. Il faut un hasard. Courons-nous la
chance de le trouver? je ne sais, mais ne perdez
pas courage. La patience est presque toujours
le meilleur chemin qui conduise au but.

— Je veux bien vous croire. Espérons !...
Pourtant je ne vous cache pas que j'ai peur.

— Peur de quoi ?

— De vous voir vous lasser de cette chasse
sans fin.

— Allons donc ! je vous ai parlé de patience.
Croyez-vous que je prêche aux autres une vertu
que je suis incapable d'avoir ?

— Oh ! ce n'est pas que je doute de vous ;
mais l'insuccès me navre et me fatigue. Nous
avons fouillé presque tout Paris, et jamais le
moindre indice n'est venu nous stimuler: avouez
que c'est désolant.

— Bah ! le diable serait avec lui, que nous
battrions le diable !

Tous les jours ces conversations se renouve-
laient entre Anita et M. de Valmont.

Dans la journée, ils allaient au Bois, observaient les figures : peines perdues ! La jeune femme rentrait désolée.

Un jour, comme on recevait à l'hôtel, elle eut une violente crise. Son impuissance fatiguait, énervait l'emportement de sa nature. Elle pleura abondamment, puis vint la fièvre.

Elle fut obligée de prendre le lit. Les spasmes nerveux lui enlevaient toutes ses forces, et le médecin recommanda un calme absolu ; l'esprit était fatigué, il fallait du repos.

De Valmont la soigna pendant un mois avec un dévoûment absolu.

Peu à peu la jeune femme se calma, et on l'autorisa à sortir une heure pendant la journée.

Ce fut dans une de ses promenades de convalescence, qu'elle trouva enfin la piste qu'elle cherchait depuis si longtemps.

V

Ce jour-là, Anita se sentait mieux que d'habitude. Elle demanda à M. de Valmont de prolonger un peu la promenade quotidienne. Elle avait envie de voir la campagne; Paris la fatiguait.

Ils allèrent en voiture jusqu'à Saint-Mandé, se promenèrent un instant dans le parc et revinrent à Paris.

De Valmont avait donné rendez-vous à de Tavannes, le soir entre cinq et six heures, au café de la Cascade. Il voulut qu'Anita rentrât à l'hôtel, mais elle s'y refusa formellement.

Comme ils montaient l'avenue des Champs-Elysées, Anita, qui regardait à droite et à gauche les voitures et les piétons, poussa tout à coup une exclamation de surprise, et, saisissant le bras de de Valmont, lui montra tout près d'eux, sur le trottoir, un nègre qui se promenait tranquillement en mâchonnant un cigare.

De Valmont regarda et sentit son cœur battre avec violence.

Il avait reconnu le nègre : c'était Zango, un de ses assassins, le complice de son frère.

Anita connaissait le nègre !... Par quelle étrange coïncidence?

Il allait demander des explications, mais celle-ci ne lui en laissa pas le temps.

— Faites suivre ce nègre, dit-elle; c'est le compagnon et l'âme damnée de celui que je cherche.

« Enfin !

Comme elle se retournait vers de Valmont, elle le vit si pâle, qu'elle jeta un cri.

— Qu'avez-vous donc, mon ami ?

—Oh ! le hasard ! murmura de Valmont... Rentrons, Anita, rentrons. Moi aussi, je connais cet homme. Il est inutile de le faire suivre, je sais où le trouver.

Et sans attendre la réponse d'Anita stupéfaite, il ordonna au cocher de retourner vivement à l'hôtel.

Pendant la route, Anita le vit tellement plongé dans ses réflexions, qu'elle n'osa l'interroger. Elle aussi se demandait comment il pouvait connaître Zango.

Quand ils arrivèrent, de Valmont était un peu remis ; il aida Anita à descendre de voiture et la pria de venir le rejoindre aussitôt qu'elle serait prête.

Ah ! il tenait donc le secret de la colossale fortune de son frère !

Le voile était enfin déchiré.

Pourquoi le hasard l'avait-il placé sur la route de cette femme, elle aussi victime de Charles Bertol ?

Il comprenait maintenant comment, après la vie de bandit qu'il avait menée, après avoir été voleur, son frère n'avait pas hésité à devenir assassin.

Et il se promenait furieusement dans la chambre.

— Ah ! j'ai trop tardé, disait-il tout haut. J'ai assez patienté !... J'aurais attendu, moi : mais la vengeance ne m'appartient plus, j'ai promis. L'heure est sonnée. Prends garde, Bertol, c'est la revanche !

Il monologuait ainsi, quand deux coups frappés à la porte l'interrompirent.

C'était Anita.

Elle fut étonnée, en entrant, de l'air farouche répandu sur la physionomie du prince. Elle eut presque peur et fit un pas de recul. La cicatrice qui lui déchirait la joue formait maintenant, sur son visage pâle, une raie pourpre ; la bouche continuait cette blessure qui, à ce moment, paraissait sanguinolente, avec un rictus effrayant.

Mais, quand la jeune femme fut entrée, de Valmont se calma et, s'avançant vers elle :

— Enfin, je vous le disais bien, Anita, qu'un jour viendrait où vos ennemis nous tomberaient sous la main. Ah ! je devine tout maintenant ! Vous vous demandez comment je connais l'homme de tout à l'heure ? Ce nègre, c'est Zango, le chien de Charles Bertol, mon frère, mon assassin, qui est en même temps Charles de Saint-Pol, votre mari : les deux misérables n'en font qu'un !... Ah ! nous avons cherché longtemps !... Comment n'avons-nous pas deviné qu'il ne pouvait y avoir qu'un homme capable de deux pareilles infamies ! Ah ! je ne

voulais pas me venger; mais la vue de cet homme a réveillé ma haine. Maintenant je n'hésite plus !... A nous trois, monsieur mon frère !

Comme il achevait cette imprécation, et
comme Anita regardait avec une surprise dou-
loureuse cette colère contrastant avec le calme
et le sang-froid ordinaire du prince, on frappa
à la porte.

— Entrez ! dit de Valmont.

Ce fut Le Goff qui entra. Après avoir salué
Anita, remarquant la figure défaite de cette
dernière et l'air sinistre de son ami, il s'écria :

— Ah çà ! que se passe-t-il donc ici ?

— Nous vous raconterons cela plus tard, mon
bon Le Goff, mais, vous qui venez de là-bas,
n'avez-vous rien de nouveau à nous apprendre ?

Le Goff regarda alternativement M. de Valmont et Anita, semblant interroger celui-là
des yeux, et lui demander s'il pouvait parler
devant une étrangère.

— Vous pouvez tout dire, mon cher Le Goff,
madame sait de qui nous allons parler.

— Comment ! vous connaissez le Bertol ?...
Fais pas mon compliment ! ne put s'empêcher
de dire le marin.

— Oui, oui, mon brave ; je vous mettrai au courant. Maintenant, parlez.

— Eh bien ! je crois que l'ami Bertol a encore fait un de ses coups.

— Quoi donc ?... Vous me faites peur !... Il se passe quelque chose d'extraordinaire au château ?

— Au château ! non. Tout y marche comme au Paradis. Mme Jeanne ne sort jamais que pour aller à la messe. Mais lui, il est continuellement à cheval par monts et par vaux ; on a l'air de l'aimer beaucoup dans le pays. On dit que depuis que M. Bertol est là, il n'y a plus de malheureux.

— Il fait l'aumône avec votre argent, dit de Valmont à Anita.

— Ah ! c'est à vous, cet argent-là, dit Le Goff. Tiens ! je me suis toujours douté qu'il avait volé cela quelque part.

— Continuez, Le Goff, continuez.

— Voilà !... Avant-hier un domestique a été renvoyé du château par Charles Bertol. Il s'appelle Pierre, vous devez le connaître.

— Oui, un de mes plus anciens serviteurs.

— Il paraît qu'il avait manqué de respect au

nègre que personne ne peut souffrir, à cause de
sa brutalité. Pierre se trouvait dans le besoin.
Il a été s'adresser à Pengam pour lui demander
de l'ouvrage. Or, Pengam était en voyage.
C'est Yvonne qui l'a reçu et qui lui a assuré
que Pengam le prendrait à son service. Naturellement, on a causé du château et de Charles
Bertol, puis de la mort de M. de Kernéis. Eh
bien ! le brave homme est persuadé que M. de
Kernéis n'est pas mort d'une façon bien naturelle. Il a laissé entendre qu'il devait s'être tué.

— Pourquoi Jean se serait-il tué ?

— Ah ! voilà ! il n'en sait rien, et moi non
plus. Mais le jour qui a précédé sa mort, M. de
Kernéis était très bien portant ; le soir, il a pris
le thé au salon, comme d'habitude, et le lendemain, couac ! plus personne !

— C'est bien étrange, en effet !

— Oui, c'est étrange !... mourir comme ça
tout d'un coup !

Le Goff baissait la tête, il réfléchissait; il la
releva brusquement et, allant vers M. de Valmont:

— Vous ne savez pas ce que je crois, moi?
dit-il.

Les regards des deux hommes se croisèrent: ils s'étaient compris.

— Quoi ! un crime encore ?

— Oui, répliqua Le Goff. M. de Kernéis devait être gênant ; peut-être avait-il l'air de savoir, d'avoir deviné. Le Bertol n'aime pas les gens qui voient trop clair.

— Vous croyez qu'il aurait osé !...

— Pourquoi pas ? Croyez-vous que ce gaillard-là recule devant quelque chose ? Il n'y a que le premier pas qui coûte. Après avoir supprimé le mari, il n'y avait pas de raison pour hésiter à supprimer le frère.

« Quand on est entré dans ce chemin-là, on va jusqu'au bout. Un crime de temps en temps, qu'est-ce que cela ?... Histoire de se conserver la main... Ah! si je le tenais le gredin, je lui dirais deux mots !

Et, avec ses mains, Le Goff fit le simulacre d'étrangler quelqu'un.

M. de Valmont était sombre ; il songeait à ce qu'il venait d'entendre. Son sang bouillonnait, sa pensée se reportait vers sa femme, vers sa femme qui adorait Jean : il était impossible qu'elle eût consenti à le sacrifier à son amour.

si fort qu'il fût. Elle devait être innocente de ce nouveau crime, s'il avait été commis, et il songeait malgré lui, que, elle aussi, avait peut-être été la dupe de Bertol.

Toutes ces pensées se heurtaient dans son esprit, avec les contradictions qu'opposaient les faits.

— Ecoutez, Le Goff, dit-il enfin, je n'ai jamais abandonné mes projets de vengeance : je reculais seulement, j'hésitais. Aujourd'hui, je ne suis plus le maître de ma volonté. Anita a été la victime de Bertol ; il l'a volée, abandonnée, après l'avoir épousée en Amérique... Je voudrais douter: c'est impossible!... quelque chose me dit que Jean, le frère de ma femme, a été assassiné par cet infâme coquin.

« Le Goff, il faut que ce crime soit puni avec les autres, on ne doit pas laisser plus long-temps Charles Bertol vivre du fruit de ses forfaits.

« Il faut que nous sachions, au jour le jour, ce qui se passe là-bas ; il faut que nous ayons Bertol sous la main, car, d'un moment à l'autre il peut nous échapper. Vous allez partir. Vous allez chercher près de Lorient, dans un endroit peu fréquenté, une petite maison que vous ferez meubler par le domestique dont vous parliez tout à l'heure. C'est un brave homme ; nous pouvons mettre en lui toute notre confiance. Vous lui donnerez l'argent nécessaire, et vous lui direz de venir nous rejoindre ici quand tout sera prêt. Dites-lui que M. de Valmont n'est pas mort et que c'est pour lui qu'il travaille. C'est le seul moyen de lui fermer la bouche et de s'assurer de son silence.

« Allez, mon cher ami, du courage ! Les rôles vont changer. Ce ne sont pas toujours les mêmes qui doivent faire peur aux autres ; l'heure de la justice a sonné... A notre tour, maintenant.

Quand Le Goff fut sorti, Anita murmura :

— Permettez-moi, mon cher prince, de vous demander quelques explications sur les paroles que vous venez de prononcer. Vous voulez vous rapprocher de Charles Bertol, soit ! Mais dans quel but ? Quelle vengeance voulez-vous tirer de lui ?

— Ma chère amie, mon plan est bien simple : comme je vous l'ai déjà dit, je ne veux pas, je ne peux pas livrer Bertol aux tribunaux, sans

dévoiler les causes de son crime. Or, traîner
Charles et sa maîtresse devant la justice, c'est
porter mon nom, et que dis-je ! celui de Kernéis, sur les bancs de la Cour d'assises.

— Mais moi, je n'ai pas à avoir les mêmes
scrupules. Et d'ailleurs, ne vaut-il pas mieux
que le voleur finisse ses jours en prison, plutôt
que de faire condamner à mort l'assassin ?
Vous ne voulez pas l'accuser d'un crime, vous :
moi, je peux lui faire expier son vol et l'envoyer aux galères.

— Ah ! vous ne le connaissez pas, ma chère
Anita. Après avoir fait tout ce qu'il a fait,
croyez-vous qu'il ait peur d'une telle accusation. Où sont les preuves de ce prétendu
mariage ? Où sont les titres des propriétés que
vous dites avoir été vendues par lui ? Non, il
faut une punition plus grande. Je veux retourner à Kernéis. Je veux me montrer à lui, au
moment où il reposera bien tranquille entre
son nègre Zango et sa maîtresse. Je veux les
saisir ensemble, les confondre, avoir la preuve
de l'adultère. Je veux l'effrayer de ma vue, lui
rappeler son crime devant elle. Je veux que
vous lui jetiez au visage son ancien amour

pour vous, sa vie de brigand, ses vols. Je veux
lui dire en face qu'il a voulu assassiner le fils de
sa mère, le mari de la femme dont il est l'amant,
et ensuite, qu'il continue devant nous la vie
qu'il a menée jusqu'ici. Je veux que petit à
petit l'existence leur devienne insupportable à
tous deux : elle, qu'elle se lasse de l'amour d'un
assassin ; lui, qu'il se dégoûte de la passion
d'une adultère ; qu'ils se haïssent l'un l'autre.
Avec la menace de l'envoyer au bagne, je veux
lui faire rendre ses millions, et le forcer à rougir devant vous.

«Avez-vous quelque chose à dire, Anita?... Le
châtiment ne vous semble-t-il pas suffisant?

— Vous avez raison. Pourtant, je ne le crois
pas homme à accepter une pareille situation.
Il refusera d'abandonner sa fortune, et il trou-
vera le moyen de fuir.

— Ah ! quand je serai là, je l'en défie !

— Allons, mon ami, faites comme vous l'en-
tendez. Je ne vous demande qu'une chose :
c'est d'avoir ma part dans le châtiment, c'est
de pouvoir le souffleter devant vous et lui
cracher à la figure, en l'appelant voleur et
faussaire

VI

Lorsque Le Goff revint, il annonça à M. de Valmont que Pierre, l'ancien domestique, avait accepté avec joie la mission à lui confiée, et avait promis que tout serait prêt dans une quinzaine de jours au plus tard.

D'ici là, il devait tenir Le Goff au courant des moindres faits qui pouvaient se passer à Kernéis. En cas de départ subit, il était entendu qu'il abandonnait tout pour suivre Charles Bertol, seul ou accompagné de Mme Jeanne de Valmont, partout où il irait.

Mais il n'arriva rien d'anormal au château de Kernéis. Comme il l'avait dit, Pierre prépara tout vivement, et revint rejoindre Le Goff à Paris.

Le brave homme fut stupéfait de se retrouver en face de M. de Valmont.

—Comment ! s'écria-t-il, mais c'est bien vous, pourtant, not'seigneur !

Le comte l'interrogea sur les façons d'agir de Charles Bertol, lui demanda, sans cependant rien laisser entrevoir de la vérité, dans quels rapports d'amitié il était avec Jeanne.

Il sut ainsi que Charles avait loué le château de Plélan, qu'il vivait à Kernéis, et qu'il s'en allait régulièrement à dix heures, le soir après le thé, ce qui étonna fort M. de Valmont.

Il pensa que Pierre n'osait avouer que Jeanne était la maîtresse de Bertol, et, voulant s'en rendre compte par lui-même, il fit fiévreusement ses préparatifs de départ.

Il fut décidé, afin de ne pas éveiller les soupçons, que le comte partirait avec Le Goff et Pierre, et qu'Anita viendrait les rejoindre un peu plus tard.

A tous ses amis, M. de Valmont annonça qu'il partait en Italie et qu'Anita, indisposée en ce moment, devait venir le retrouver le plus tôt possible.

Aussitôt arrivés dans la maison que Pierre

avait meublée, à quelques kilomètres de Plélan,
M. de Valmont et Le Goff continuèrent leur
plan de campagne.

On convint que le château de Kernéis serait
gardé à vue le jour et la nuit, jusqu'au départ de
Charles Bertol, si effectivement celui-ci s'en
allait à dix heures, comme l'avait assuré Pierre.

Ce fut à Le Goff qu'incomba la charge d'observer le château à la tombée de la nuit. Le
premier soir, il revint vers onze heures, et dit
à de Valmont qu'une demi-heure auparavant,
c'est-à-dire vers dix heures et demie, Bertol et
Zango étaient partis en voiture, se dirigeant
vers Plélan.

— Vous êtes certain que c'est bien lui ?

— Parbleu ! il n'a pas changé, et puis n'a-
t-il pas un signe distinctif? le nègre qui est
toujours là, et qui le suit comme son ombre;
véritable ombre de coquin !

— La voiture se dirigeait vers Plélan ?

— Oui; je l'ai suivie de loin en courant, pendant un quart d'heure.

— Vous auriez dû attendre. Je suis certain
que ce départ n'est qu'une feinte, et qu'il doit
revenir, vers minuit, à Kernéis.

— Il est bien facile de s'en assurer. Demain, j'attendrai Bertol à Plélan; je verrai bien s'il rentre, et il est plus que probable qu'il rentrera, ne serait-ce que pour sauvegarder les apparences, et je resterai là, jusqu'à ce que je le voies sortir.

— C'est cela; en tous cas, prenez bien garde de ne pas vous montrer. Car si les misérables avaient un soupçon, vous savez, ils ne reculeraient devant rien.

— N'ayez aucune crainte, j'ai l'œil au bossoir... Entre nous, où voulez-vous en venir?

— Ecoutez, je suis presque certain que Bertol revient la nuit retrouver Jeanne.

— Oh!... dit Le Goff avec un air de doute.

— Enfin, c'est mon idée, et elle a ses raisons d'être. Un jour ou l'autre, si grandes que soient leurs précautions, nous les surprendrons : voilà ce que je veux.

— Oui, vous les surprendrez ensemble, et alors...

— Alors, ce sera le commencement de ma vengeance. Pour ce qui est de l'assassinat de ce pauvre Jean, je veux en avoir le cœur net. Pierre doit connaître le médecin qui a constaté la mort. Quand Anita sera ici, je l'enverrai chez ce médecin. Avec sa finesse de femme, elle saura bien le faire parler ; et puis, il se méfiera moins d'elle que de moi.

Le lendemain, Le Goff alla se poster vers neuf heures sur la route qui mène de Kernéis à Plélan, à peu de distance de ce dernier château.

Quoique riche, maintenant, le marin n'avait pas perdu toutes ses anciennes habitudes, et pour calmer l'ennui de l'attente, il sortit de sa poche un étui en maroquin, puis, de l'étui, une pipe en écume, merveilleusement culottée, qu'il bourra minutieusement.

L'ayant allumée, il se coucha par terre en attendant le passage de Bertol.

Il était à sa cinquième pipe, et Dieu sait s'il les fumait consciencieusement, quand il entendit le galop d'un cheval ; immédiatement remisant l'instrument dans son enveloppe, le brave homme s'éloigna de la route d'une cinquantaine de pas.

Caché derrière un arbre, il put voir la voiture passer devant lui, et aperçut distinctement les silhouettes du nègre et de

Charles. Donc, ce dernier rentrait chez lui.

Restait à savoir s'il n'en ressortait pas. Le Goff quitta sa cachette et, s'avançant avec précaution d'arbre en arbre, il arriva jusqu'à la grille du parc de Plélan. La voiture était rentrée ; on apercevait le cocher qui se mettait en mesure de dételer le cheval. Quand tout le monde eut disparu, Le Goff fit le tour du château pour s'assurer qu'il n'y avait pas d'autre porte que la grille ; et d'ailleurs, à moins de faire un détour considérable, il n'y avait pas d'autre chemin que celui qu'ils avaient pris pour venir.

Le Goff resta en face de la grille jusqu'à trois heures du matin, un vrai "quart", comme il disait; puis, persuadé que Bertol ne sortirait plus, il alla rendre compte à de Valmont du résultat de sa mission.

Celui-ci était de plus en plus étonné. Tous ses plans se trouvaient déjoués ; il ne voulait pas un scandale en plein jour.

Il ne se tint pas pour battu pourtant, et le marin dut continuer ses promenades nocturnes entre Plélan et Kernéis, sans amener un résultat nouveau.

De Valmont voulut remplacer Le Goff. Celui-ci fit alors observer au comte qu'il allait commettre une imprudence inqualifiable.

— En voyant passer Bertol devant vous, dit-il, vous ne pourrez maîtriser votre colère : alors tous vos projets seront compromis.

Mais le comte ne voulut rien écouter, et tout ce que Le Goff put obtenir, ce fut de l'accompagner.

Bertol passa comme d'habitude devant eux vers onze heures. Ainsi que le marin l'avait prévu, son compagnon eut un mouvement de colère et s'élança comme pour se jeter à la tête du cheval.

Heureusement, il fut retenu par une main de fer qui le saisit au bras et le força à rester tranquille.

Ils attendirent jusqu'au jour ; Bertol ne sortit pas.

Le lendemain, de Valmont accompagna encore son ami.

Rien, toujours rien !

Il commençait à douter, quand sur ces entrefaites, Anita arriva.

Le comte lui fit part de toutes ses démarches

infructueuses et lui demanda si elle consentait
à aller trouver le médecin qui avait constaté
la mort de de Kernéis.

Anita ne demandait qu'à satisfaire son ami.
Habillée tout en noir, elle se rendit chez le
docteur dont Pierre avait donné l'adresse.

Ce docteur était fort connu à Lorient où il
demeurait. C'était le médecin de la noblesse.
Déjà vieux et tout entier à son art, il ne songeait pas, quoique fort riche, à se retirer. Le
temps qui lui restait, il le donnait aux pauvres, dont il n'acceptait jamais d'argent.

Lorsque la voiture d'Anita s'arrêta devant la
porte, un domestique vint l'aider à descendre,
la fit entrer et lui demanda aussitôt quel nom
il fallait anoncer à "Monsieur".

— Dites au docteur, répondit Anita, que je
viens pour une affaire absolument personnelle
et que je ne voudrais lui occasionner aucun
dérangement. Que M. de Loërmec continue
son travail, j'ai tout le temps d'attendre.

Dix minutes après, le valet revint et, priant
Anita de le suivre, il l'introduisit dans le cabinet
du médecin.

VII

Le docteur ne tarda pas à entrer.

— Madame, dit-il, après avoir salué Anita, on m'a parlé d'une affaire personnelle ; je me mets absolument à votre service et je vous écoute.

— Mon Dieu ! monsieur, j'hésite presque à vous faire savoir les raisons qui m'amènent chez vous ; elles sont d'une nature exceptionnellement grave, et je crains...

— Parlez, madame ; un médecin peut tout entendre, dit le docteur avec bonhomie.

— C'est qu'il ne s'agit pas de moi, docteur, mais de personnes étrangères, sur lesquelles je veux avoir des renseignements précis.

— Tant qu'il s'agira de choses ou de révélations ne violant pas le secret de ma profession,
je me ferais un devoir de vous être utile et
d'être tout à vos ordres.

— C'est que justement, docteur...

— Oh ! alors ! madame, dit M. de Loërmec en
se levant, je me vois forcé de vous faire entendre, avec regret cependant, qu'il est absolument inutile de prolonger cet entretien : il y a,
vous devez le comprendre vous-même, des
questions auxquelles un médecin ne doit pas
répondre.

— Même s'il s'agissait d'une erreur de votre
part, docteur ; fit-elle avec fermeté ; même si,
par hasard, vous aviez déclaré une mort naturelle, alors qu'il y aurait eu... crime, empoisonnement, par exemple ?... Serait-ce violer le
secret professionnel que de revenir sur une
pareille déclaration ?

M. de Loërmec regardait Anita avec stupeur
une seule fois dans sa vie, il lui était arrivé —
et il n'en était pas certain — de faillir à son
devoir.

Est-ce que véritablement il s'était trompé ?
Est-ce qu'on avait découvert son erreur ?

Le pauvre homme tremblait.

Il resta quelques moments silencieux, comme s'il cherchait dans sa mémoire.

— Je ne sais ce que vous voulez dire, madame, fit-il enfin.

— Voici la chose en deux mots : Que pensez-vous de la mort de M. de Kernéis, mort que vous avez été appelé à constater ?

Et, comme le médecin levait les bras au ciel, feignant d'avoir oublié cette constatation.

— Oh ! inutile de chercher, docteur ; ce que vous allez dire ne sortira pas d'ici, ou plutôt... je ne veux pas vous tromper, il y a une personne, celle qui m'envoie, qui a le droit de savoir la vérité. Cette personne, c'est le mari de Mme Jeanne de Valmont, le beau frère de M. de Kernéis.

Cette fois le docteur la regarda, abasourdi.

Il avait affaire à une folle, sans doute !

Parler d'un mort qui voulait savoir ! Et cependant, cette question, au sujet de la mort du procureur impérial, prouvait que la femme qu'il avait devant lui parlait en connaissance de cause.

— Madame, articula-t-il, vous me parlez de

M. de Valmont, sans doute ; ignorez-vous que le comte est mort depuis longtemps !

— Vous vous trompez, monsieur ! De Valmont a été victime d'un guet-apens, cela est vrai. Mais le comte vit : il connait ses assassins, il veut savoir s'ils ne se sont pas rendus coupables d'un nouveau crime. Encore une fois, que pensez-vous de la mort de M. de Kernéis ?

Le docteur ne répondait pas. Il considérait Anita avec attention. L'air impérieux avec lequel elle venait de prononcer ces dernières paroles, l'accent de franchise avec lequel elle venait d'affirmer que M. de Valmont vivait, le rassurèrent.

— Madame, murmura-t-il enfin, je ne veux rien vous cacher. La situation qu'occupait M. de Kernéis, celle des gens qui l'entouraient, le bruit qu'avait fait l'assassinat du mari de Mme de Valmont, m'ont empêché de parler jusqu'à ce jour.

« Hé bien ! oui, madame, je crois pouvoir affirmer que M. de Kernéis n'a pas eu une mort naturelle : c'est, du moins, mon intime conviction.

« Je n'ai pas voulu hasarder une accusation

d'empoisonnement ; j'ai craint de me tromper, et je me suis tu. Puisque vous me demandez la vérité toute entière, je dois vous dire que la mort de M. de Kernéis est due, j'en suis presque certain, à l'absorption d'un poison foudroyant, d'un poison dont la seule odeur tue sans laisser de trace.

« Il y a eu suicide ou crime, je ne sais. Là s'arrête ma compétence.

« Voilà, madame, tout ce que je puis vous apprendre.

— Et seriez-vous prêt à répéter cela à M. de Valmont ?

— Oui, madame... Quoique le manque d'énergie constitue, dans les fonctions que je remplis, une grande atteinte à mon devoir, je n'hésiterai pas à affirmer devant témoins mes paroles précédentes, s'il s'agit de punir un coupable.

— Soyez sans crainte, monsieur. Les personnes qui ont intérêt à savoir la vérité ne veulent en aucune sorte la divulguer, et le secret de cette mort restera entre nous... Je vous remercie de votre franchise, en mon nom et au nom de celui qui m'a commise près de vous.

Anita, aussitôt de retour, retraça mot pour mot à M. de Valmont sa conversation avec M. de Loërmec.

— Le bandit ! s'écria celui-ci... C'est donc vrai, il n'a pas hésité à commettre ce nouveau forfait.

— Qu'allons-nous faire ? demanda Anita.

— Je l'ignore. Il nous faut agir vivement, mais je ne sais comment hâter le dénouement, je voulais saisir ensemble les deux coupables, leur prudence déjoue tous mes calculs. J'espère encore cependant.

—Il nous faut agir avec une extrême réserve, car si nous étions découverts, tout serait perdu. Le Goff va continuer à surveiller le château ; il faut nous tenir prêt à la moindre alerte ; si nous ne réussissons pas, nous aviserons.

. . . .

Le Goff s'était adjoint, pour surprendre Bertol, un précieux auxiliaire, Pengam, le fiancé d'Yvonne.

Grande avait été la surprise de celui-ci en revoyant son vieux camarade.

On s'en souvient, Pengam avait cru, lui aussi,

25.

que c'était bien Le Goff qui avait commis l'assassinat.

Quand il sut en détail ce qui s'était passé, il entra dans une violente colère.

Comment ! ce Bertol qui venait l'interroger à propos du crime et qui avait fait condamner Le Goff était le seul coupable ?

Mais il s'était moqué de lui, Pengam !

Et le matelot voulait à toute force aller lui casser les reins.

Le Goff le calma et lui expliqua ce qu'il attendait de lui.

Pengam accepta avec joie, après avoir demandé pardon à son ami de l'avoir cru coupable.

— Bah ! est-ce que tu n'as pas soigné Yvonne, malgré cela ? C'est moi qui dois te remercier, mon vieux.

— Oh ! pour cela ! c'est vrai. La petite n'a manqué de rien pendant votre longue absence. Elle a bien pleuré quand elle a appris que votre goélette avait fait naufrage. Et même elle a été bien malade.

— Et c'est toi qui es resté auprès d'elle ?

— Dam ! c'est bien naturel. Est-ce qu'il

n'était pas convenu qu'à votre retour elle serait
ma femme ?

— C'est vrai. Et me voilà ! Encore un peu de
patience ; quand on aura réglé le compte de
Bertol, nous aurons peut-être un peu de bon
temps.

— Oui ! si Dieu le veut, et je crois que nous
l'aurons bien gagné. A demain, père Le Goff.

— C'est entendu. Tu veilleras à Kernéis et
moi à Plélan .

.   .   .   .

Cependant, quinze jours se passèrent encore
sans amener aucun résultat. Le Goff commençait à se fatiguer de cette surveillance inutile,
et M. de Valmont, las aussi, était décidé à
abandonner cette voie et à tout brusquer.
Néanmoins, il fut convenu qu'en attendant une
résolution nouvelle, on continuerait à cerner
le château.

Bien leur en prit.

Le lendemain, vers minuit, M. de Valmont
causait encore avec Anita qui lui racontait
comment Bertol s'était vu, une première fois,
ruiné après la perte du navire qui portait tous

ses biens, quand ils entendirent quelqu'un courir dans l'antichambre.

Puis on frappa à la porte, et sans attendre la réponse, on entra.

C'était Pengam, essoufflé, qui annonça à M. de Valmont, qu'à onze heures et demie, Bertol n'était pas encore sorti du château de Kernéis.

Il n'y avait cependant aucune réception, et, contre l'habitude, c'était le nègre qui était venu fermer lui-même la grille du parc.

— Enfin ! dit de Valmont, je crois que l'heure a sonné. Pengam, allez réveiller Pierre ; en s'en allant du château, il a, par mégarde, emporté la clef de la petite porte : elle va nous servir.

Puis, il monta dans sa chambre, prit un revolver et en donna un à Anita.

Pengam, lui, se munit de cordes ; il se réjouissait à la pensée qu'il y aurait peut-être quelqu'un à amarrer.

Un quart d'heure après, Anita et M. de Valmont, précédés de Pierre, qui portait une lanterne sourde, s'acheminaient silencieusement vers le château de Kernéis.

VIII

La mort de M. de Kernéis avait plongé Jeanne dans un profond chagrin.

Elle adorait son frère, et le brusque dénoûment l'avait d'autant plus douloureusement frappé, qu'il était moins prévu. La pauvre femme songeait qu'elle n'avait pas eu, dans sa vie, une minute de bonheur, et se demandait ce qu'elle avait pu faire au ciel pour être aussi malheureuse.

Son premier amour perdu, son mari assassiné, son frère venait de s'en aller aussi, et elle n'avait plus autour d'elle, pour la soutenir et la consoler que Charles Bertol, l'homme qu'elle avait aimé, qu'elle aimait encore, et auquel elle ne pouvait appartenir.

Charles Bertol, comme bien on pense, s'était cependant ingénié de toutes façons pour lui faire oublier le passé et pour lui montrer l'avenir sous un jour plus riant.

Il lui avait prodigué toutes les consolations, toutes les marques possibles de sympathie, obligeant ses larmes à couler lorsqu'elle pleurait, et faisant voir qu'il s'efforçait de les sécher, lorsque, pendant une minute, elle oubliait ses peines ; et elle le remerciait avec un sourire, avec un serrement de main qu'il prenait pour un aveu, alors que ce n'était qu'un élan de reconnaissance.

Il y avait un an que Jean de Kernéis était mort. Pendant ce laps de temps, Bertol s'était efforcé d'être maître de sa passion. Pas un mot d'amour n'était sorti de ses lèvres ; Jeanne lui en savait gré.

Mais Charles avait un caractère trop violent pour se contenir davantage. Il se disait que cette situation ridicule ne pouvait durer, et sa rage sourde ne faisait que croître, parce qu'il ne savait comment revenir sur cette question qui occupait toutes ses pensées : « Jeanne, voulez-vous être à moi ? »

Il lui proposa de l'emmener à Paris, pour la distraire, persuadé que ce va-et-vient de la grande ville, avec ses attraits, ses plaisirs, son flux mondain et pernicieux, ces luttes de coquetterie, ses histoires amoureuses, ses exemples contagieux qui perdent les plus forts et entraînent les plus rebelles, feraient sur Jeanne leur effet fatal et auraient promptement raison de sa vertu.

Mais aux premiers mots qu'il lui dit à ce sujet, elle l'interrompit :

— Non, mon ami, jamais je ne quitterai ce château. Je sais que les souvenirs qui s'y rattachent sont tristes ; je m'y complais, dans ces souvenirs. J'aime mieux rester ici, seule, tout entière à ma douleur, que de traîner au milieu du monde et des égoïstes l'histoire lugubre de mon passé, que tous pourront lire sur mon visage et que rien ne pourra me faire oublier.

— Vous vous trompez, ma chère Jeanne ; croyez-moi, l'oubli viendra doucement, et vous serez heureuse, vous serez choyée, admirée, et votre douleur ne résistera pas aux charmes de cette vie nouvelle que vous ignorez.

— C'est précisément cette admiration dont

vous parlez qui me fait peur, cette vie que je
ne connais pas, que je ne veux pas connaître,
qui me pèserait et que je ne pourrai pas supporter.

— Vous n'aurez pas le courage de passer
votre existence entière en ce château?... Vous
souffrez Jeanne; l'ennui vous ronge, je vous
propose la guérison.

— Merci, Charles, merci!... Pourtant je ne
veux pas vous condamner à rester avec moi.
Cette vie est sans charme pour vous, je le
comprends. Allez à Paris. De temps en temps
vous viendrez me voir. Vous m'avez témoigné
de toutes les façons votre grande amitié.
Je m'en voudrais de vous en demander davantage. Partez. L'avenir est tout à vous. Il
y a des femmes condamnées au malheur, je
suis de celles-là. C'est un crime que de forcer
les autres à partager ses souffrances.

— Moi, vous quitter, Jeanne ! Moi, vous
abandonner ! Jamais ! Que ferais-je loin de
vous ? Je ne pourrais rester un jour sans vous
voir, sans entendre votre voix. Vous parlez de
l'avenir. Mais l'avenir, c'est vous, c'est vous
seule. Toute ma vie a été jusqu'ici liée à la

vôtre. Vous êtes malheureuse, Jeanne. Regardez-moi, et cherchez lequel de nous deux a le plus souffert.

« J'étais jeune, je vous aimais, comme jamais un homme n'a aimé une femme. On me refusa votre main parce que j'étais pauvre... Je partis au loin chercher fortune. Je risquai ma vie tous les jours pendant six ans, et quand je revins, riche, ayant au cœur l'espoir d'heureux jours, ma fiancée venait de se donner à un autre; elle m'avait oublié !

— Oh ! Charles !

— Pardon ! Non, je ne veux pas croire que vous m'aviez oublié. Mais vous n'avez pas su résister aux sollicitations de votre frère. On vous a dit que j'étais mort, vous avez cédé. J'espérais vous voir heureuse ; c'était ma consolation, il fallait que cet espoir fut détruit comme les autres.

« Maintenant je suis seul pour vous protéger, et vous me conseillez de partir ! Ne dois-je donc plus espérer ? Mais je vous aime, Jeanne; je vous aime comme un fou ; vous êtes ma vie!... Partons, allons bien loin d'ici. Vous serez ma femme, vous serez heureuse...

« Vous ne répondez pas !... Vous ne m'aimez donc plus ? vous ne m'avez donc jamais aimé ?

— Je vous en prie, Charles, soyez calme, vous savez que je vous ai aimé. Si je vous aime encore, je ne peux pas vous le dire. En disant non, je mentirais peut-être ; en disant oui, je vous donnerais sur moi des droits que je ne veux pas vous donner. La fatalité nous a poursuivis... Attendons à plus tard...

— Plus tard !... mais jamais vous ne pourrez être ma femme, la loi le défend. Qu'est-ce que le mariage ? une formalité banale, vous le savez par vous-même. Les choses du cœur ont-elles besoin d'être sanctionnées par une loi !... Plus tard ! C'est vingt ans, c'est trente ans, pendant lesquels je dois encore souffrir.

— Vous n'avez donc pas confiance en l'avenir ?... Moi, j'espère, et je sens que je n'ai pas tort. Je ne vous parle pas de trente ans, mais je ne peux rien vous promettre. Je vous demande de patienter. Vous voulez rester auprès de moi, soit ! Demeurons ensemble, comme jusqu'à ce jour : vous, mon meilleur ami ; moi, votre fiancée...

« Je vous demande pardon de vous avoir fait souffrir... Pardonnez-moi, Charles, car je suis bien malheureuse !

. . . .

Bertol quitta Jeanne, en proie à une violente colère. Certes, il aimait Jeanne. Mais chez lui, les sens parlaient plus que le cœur, et il était las d'attendre.

Et puis, malgré les réponses hypocrites qu'il avait faite, quand elle lui avait dit de partir, il ne pouvait se dissimuler que cette vie de campagne, cette réclusion commençaient à l'ennuyer profondément. Ah ! si elle se donnait à lui, comme il partirait bien vite de ce pays qu'il exécrait, et qui, malgré tout son cynisme, lui rappelait journellement ses crimes.

Malheureusement la conversation qu'il venait d'avoir avec Jeanne, loin de lui donner une espérance quelconque, l'avait rejeté bien loin du jour qu'il désirait de toute la violence de sa volonté.

Il ne comprenait pas comment elle pouvait résister si longtemps. Lui, Bertol, qui n'avait jamais eu la peine de faire la cour à une femme, était donc bien changé !... Non certes. C'était toujours le Bertol séduisant, le Bertol irrésistible, qui, tout bandit qu'il était, avait su prendre le cœur d'Anita, la riche Mexicaine.

Et, en pensant à cette dernière, loin d'éprouver, non des remords, mais des regrets, l'ancien pirate souriait : il semblait jouir de sa canaillerie, être heureux d'avoir fait une dupe.

D'Anita qu'il avait possédé si facilement, ses idées revenaient à Jeanne, et il se révoltait.

— Je la veux ! murmurait-il en se promenant dans les allées du château. Je la veux, je l'aurai, dussé-je...

Il se souvenait de sa tentative de séduction, de ce jour où, dans le bois de Kervignac, elle eût peut-être été à lui, si de Valmont n'était arrivé. Hé bien ! il essayerait encore ; il fallait risquer le tout pour le tout. S'il ne réussissait pas, il demanderait son pardon à genoux, mettant sa violence sur le compte de sa passion, et Jeanne oublierait. Mais il était certain de la réussite. Il lui semblait qu'il la tenait déjà dans ses bras, ne se défendant que pour n'avoir pas l'air de céder, et, à cette idée, Bertol sentait le sang lui monter à la tête, tandis que dans ses yeux s'allumait une flamme bestiale.

Il se voyait déjà dans la grande ville, étalant dans le monde ses millions, promenant à son bras une femme qui l'adorait, menant la vie fastueusement, impénitent et impuni, laissant bien loin derrière lui, comme un rêve, tout son passé criminel.

Il était temps d'en finir avec cette existence ridicule ; de reprendre le rang qu'il croyait mériter encore, de se refaire une vie nouvelle, de l'admiration et du respect de tous.

Quelquefois, cependant, l'ombre de de Valmont venait troubler sa quiétude.

Il se voyait riche, honoré, adulé, et le spectre vieilli de sa victime, venant tout à coup faire crouler l'échafaudage de ses rêves, le faisait trembler.

Ces craintes-là ne duraient pas longtemps. Il se rappelait froidement le soir du crime et riait de ses terreurs.

— Quelle folie ! se disait-il, les morts ne reviennent pas.

Honteux, même, de ses terreurs, sans pitié il jetait au mort des insultes :

— Ah ! Monsieur mon frère, vous aviez l'imprudence de croire à mon amitié ! il eût fallu

vraiment que je fusse imbécile! Elle était à moi,
cette femme ; c'était mon bien, que vous
m'aviez volé. Mon bonheur vaut bien celui
d'un autre, je pense !

À chacun son tour, monsieur de Valmont !

IX

Nous avons dit que Bertol était décidé à
obtenir de Jeanne ce qu'il voulait, de quelque
façon que ce fût.

Le jour qui suivit sa conversation avec elle,
lorsqu'il se présenta au château, il s'était com-
posé un visage. Ses traits étaient empreints
d'une mélancolie et d'une tristesse excessives.

Au déjeuner, il mangea du bout des dents,
ne répondant que par monosyllables aux
paroles que Jeanne lui adressait.

Le jeune femme remarqua l'air soucieux de
Bertol, et quand on passa au salon, comme
celui-ci, ne disant mot, s'était dirigé vers une

fenêtre et regardait tristement la campagne, elle s'approcha de lui, et, le touchant du doigt:

—Hé bien ! Charles, interrogea-t-elle, qu'avez-vous donc ? Vous êtes tout triste, vous me répondez à peine, lorsque je vous parle.

Il se retourna et, fixant ses yeux sur ceux de la jeune femme :

— Ce que j'ai, Jeanne ? Je souffre.

—Vous souffrez?... pourquoi ?

— Ce que vous m'avez dit hier m'est resté dans la mémoire. Je crains de n'être plus rien pour vous.

—Oh! comment pouvez-vous dire de pareilles choses ? Vous savez bien que je suis votre meilleure amie.

— J'espérais mieux, il y a de cela huit ans.

— Je vous en prie, ne revenons pas là-dessus. Je vous ai dit hier tout ce que j'avais à vous dire. Causons, voulez-vous ?

— De quoi voulez-vous que je parle, si ce n'est de mon amour ? Il occupe toutes mes pensées, tous mes instants. Il cause toutes mes insomnies, et quand je dors, c'est encore pour songer à vous.

—Allons, Charles, par grâce!... Venez, venez

vous asseoir à côté de moi sur ce canapé. Nous
allons causer comme deux amis. Je veux vous
guérir.

Et elle se dirigea en effet vers le canapé qui
était à l'extrémité du salon.

Cette retraite faisait bien le jeu de Bertol qui
vint d'un pas lent s'asseoir à côté d'elle.

Ils restèrent quelque temps ainsi : elle,
rêveuse; lui se demandant s'il était temps d'agir.
Il avait planté le premier jalon, il n'y avait pas
à hésiter. Il fallait à tout prix avancer.

Le silence qu'ils gardaient tous deux, lui
semblait favoriser ses projets. Elle pensait à
lui, sans doute, se demandait s'il n'était pas
cruel de le faire souffrir. Il fallait saisir ce
moment opportun.

— Jeanne, dit-il tout à coup, en se retour-
nant vers elle, Jeanne, je souffre trop!... je vous
aime, je vous aime !

Et il mettait des larmes dans sa voix ; il lui
saisit les mains, qu'il agitait d'un tremblement
volontairement nerveux, et l'attirant de force
près de lui, au risque de lui faire mal :

— Jeanne, lui murmura-t-il presque dans
l'oreille, je t'aime, viens !

Elle, surprise, se laissa d'abord aller à lui. Il triomphait, l'attirait plus près, lui posant ses lèvres sur le cou.

Mais elle se releva brusquement au contact de ce baiser, en s'enfuyant vers la porte.

— C'est mal, Charles, ce que vous avez fait là. Je vous ai dit hier tout ce que je pensais. Nous nous repentirons tous deux d'une faute que nous ne devons pas commettre. Réfléchissez, vous verrez que j'ai raison.

Et, laissant là Bertol, pâle d'émotion et de rage, elle se retira dans sa chambre, où elle s'enferma.

Ainsi donc tous ses plans venaient d'échouer devant la ferme attitude de Jeanne !

Tous ses projets de la veille venaient d'être détruits en une minute !

En ce moment, il ne songeait plus à son amour. Il ne voyait plus que la femme qui résistait à sa volonté. Il était honteux du rôle qu'il venait de jouer.

— Imbécile ! murmura-t-il, je la laisse échapper. Elle était à moi. Elle aurait crié, j'aurais étouffé ses cris sous mes baisers... Que faire, maintenant ?

Il se leva brusquement, alla à la fenêtre et respira bruyamment.

— Allons ! reprit-il au bout d'un instant, la partie n'est pas perdue. J'ai trop fait pour reculer ; elle veut lutter, elle ne sera pas la plus forte. Elle sera à moi, je le jure !

Et il sortit ; il avait besoin de grand air.

Il se hâta de faire atteler et alla s'enfermer à Plélan.

Si fort qu'il fût, le travail, qui, depuis la veille, s'était fait dans son cerveau, l'avait terrassé ; ses idées se heurtaient sans suite. Il était incapable de penser.

Il se jeta dans un fauteuil et s'endormit.

La nuit commençait à tomber, lorsqu'il fut brusquement tiré de son sommeil par un coup frappé à sa porte. Il se leva, et, la tête encore lourde, il alla ouvrir.

Zango entra.

— On vient de m'apprendre, dit le nègre, que vous étiez rentré, il y a déjà longtemps, et que vous étiez monté ici. Êtes-vous malade, maître ? ou bien y a-t-il du nouveau à Kernéis ?

Bertol avait presque perdu conscience de ce qui s'était passé dans la journée. Les quelques paroles de Zango, lui rappelant sa défaite, ravivèrent sa colère et toute sa rancune.

C'était donc vrai ! il avait été obligé de partir pour ne pas supporter le ridicule de la situation !

— S'il y a du nouveau ? s'écria-t-il. Ah ! je le crois bien ! Elle s'est moquée de moi ! Je lui ai parlé d'amour : elle m'a parlé de consolations. Je lui ai dit que je souffrais : elle m'a répondu qu'il fallait attendre. J'ai voulu sauver sa pudeur, en mettant sa chute sur le compte de ma violence, je la tenais dans mes bras, je l'embrassais, je la croyais vaincue : elle m'a repoussé et s'est enfuie ! sans un trouble, sans un moment d'abandon, en me reprochant ma conduite !

Sa voix vibrait avec force. Son visage pâle reflétait toute sa fureur.

Il se retourna vers Zango.

Celui-ci, tout en écoutant, était allé s'asseoir dans le fauteuil que Bertol venait de quitter, et les mains dans les poches de son gilet, les jambes allongées, était occupé à fumer une cigarette, collée à sa lèvre inférieure, comme si ce qu'il venait d'entendre le laissait froid.

Bertol, surpris, le regardait, ne comprenant rien à cette attitude.

— Tu n'as donc pas entendu ce que je viens de te dire ? Tu ne comprends donc pas ? La mort de de Valmont, celle de Jean, à quoi servent-elles ?

Et comme le nègre semblait réfléchir et restait impassible :

— Tu es donc sourd ? continua Bertol avec impatience.

— Vous perdez la tête, mon cher maître, opina Zango. Voilà que vous criez par-dessus les toits que vous avez supprimé tous vos parents !... Raisonnons un peu. Soyez calme.

— Calme, après ce qui s'est passé !

— Eh quoi ! Vous avez tenu Madame Jeanne dans vos mains, vous l'avez laissé partir : à qui la faute ? à vous. A qui devez-vous vous en prendre ? à vous, toujours à vous. Je regrette beaucoup ce que je vais vous dire, mon cher maître, mais je vous croyais plus fort que cela.

— Oui, je sais. Tu l'aurais enlevée. Tu l'aurais amenée ici. Tu l'aurais possédée de gré ou de force. Et puis après? J'ai bien songé à tout cela. Mais elle ne m'aurait pas pardonné.

— Vous croyez?... Moi, je suis sûr du contraire... Au fait, ne parlons plus de ce qui est passé. Vous avez perdu la partie, il vous faut la revanche. A moins que vous ne vouliez laisser la place à un autre, ce que je ne crois pas. Il faut chercher, on trouve toujours. En attendant, voulez-vous suivre un conseil?

— Parle !

— Vous allez écrire à Mme veuve de Valmont, lui demander pardon de ce que vous avez fait. Racontez-lui tout ce que vous voudrez, et jurez lui qu'à l'avenir vous la considérerez comme une sœur, une bonne petite sœur.

— Et après ?

— Après, on verra.

— Mais je ne veux pas attendre.

— Vous n'attendrez pas.

— Dis-moi...

— Ecrivez d'abord la lettre. Le point essentiel, c'est de retourner près d'elle et d'être reçu comme par le passé. Attirez toute sa confiance, en ayant l'air de souffrir et d'être maître de vous.

Et Zango sortit.

Bertol se dirigea vers son secrétaire et écrivit à Jeanne. Il la supplia de lui pardonner, lui jurant qu'à l'avenir, il n'oublierait jamais le respect qu'elle méritait. Il ajouta qu'il préférait la mort au supplice de ne plus la revoir, et que si elle pensait qu'il pût être un obstacle à son bonheur, elle n'avait qu'à dire un mot, pour qu'il disparût pour toujours.

Il fit appeler Zango et le chargea de porter la lettre.

. . . .

Jeanne reçut cette lettre avec une sorte de crainte.

Quand elle en eut fini la lecture, elle frémit en pensant qu'elle pourrait perdre la dernière personne qui lui montrait une réelle affection, et répondit à Bertol qu'elle ne voulait rien se rappeler. Elle l'exhortait au courage et le priait de venir comme par le passé.

Charles s'attendait à cette réponse.

— Et maintenant? dit-il à Zango.

— Il faut retourner là-bas et attendre.

— Tu veux donc me rendre enragé ?... comment, moi, rester encore auprès d'elle, comme

un étranger?... Non, il faut trouver une solution. Avant trois jours, il faut qu'elle soit à moi.

— A la bonne heure, maître, dit Zango. Je
vous retrouve. Les grands moyens, voyez-vous,
maître, il n'y a que cela. Vous êtes décidé à
tout ?

— Oui, ma patience est à bout !... Si elle ré-
siste, je la bâillonnerai, je l'attacherai...

— Allons donc!... il y a un moyen bien plus
simple. Fiez-vous à moi. Demain, la comédie
sera finie.

Le lendemain, comme Bertol se disposait à
partir à Kernéis, Zango s'approcha de lui, et,
le prenant familièrement par le bras.

— J'ai à vous parler, maître.

Bertol le suivit, et ils s'engagèrent dans une
petite allée du parc.

Lorsqu'ils furent arrivés assez loin du château pour qu'aucun regard indiscret ne pût les
surprendre, Zango sortit de sa poche un petit
flacon et le remit à Bertol.

— Qu'est-ce que cela ? fit celui-ci.

— C'est ce que vous m'avez demandé.

— Moi !

— Ne m'avez-vous pas dit hier : «Je veux que

dans trois jours Jeanne soit ma maîtresse»... Je
n'ai pas voulu vous faire attendre longtemps...
Vous avez ajouté : « Il faut me trouver un
moyen»... Le moyen, je vous l'apporte. A vous
de le mettre en pratique.

Bertol examinait la fiole qu'on venait de lui
remettre.

— Ce flacon, continua Zango, renferme un
puissant narcotique. Ce soir, vous en verserez
cinq ou six gouttes dans le vin de Mme Jeanne.
Deux heures après, vous ferez d'elle ce que vous
voudrez.

Le visage de Bertol rayonnait.

— Mais, dit-il, il n'y a pas de danger pour
sa vie ?

— Non, à condition que vous n'en versiez pas
trop.

— Comment faire pour verser sans qu'elle
s'en aperçoive ?

— Bah ! il y a vingt moyens !... Et puis, si
ce n'est pas demain, ce sera après-demain.

— Et les domestiques ?

— Ils seront couchés. Depuis longtemps
déjà, Mme Jeanne a pris l'habitude de se déshabiller seule. La femme de chambre en est

d'ailleurs enchantée. Et nous aussi, n'est-ce pas?... L'effet du narcotique se produira vers onze heures. Vous la porterez dans sa chambre. Moi, je resterai à côté, dans l'ancienne chambre de M. de Valmont.

— Bien !... et comment sauras-tu si j'ai réussi?

— Quand les domestiques iront se coucher, je monterai vous demander s'il faut atteler. Si vous répondez oui, c'est que vous n'aurez pas pu trouver l'occasion de verser la drogue. Si vous me dites : "tout à l'heure", je resterai à portée de voix, pour vous aider à la monter chez elle.

— A ce soir!

— A ce soir, maître, et bonne chance !

X

Jeanne reçut Bertol avec la même cordialité
que de coutume. Celui-ci proposa une promenade après déjeûner, pour la distraire. Elle
accepta. Elle avait revêtu un costume de
cachemire blanc, garni de crêpe de même couleur, qui lui seyait à merveille.

Bertol la contemplait avec envie, songeant
que, le soir même, cette femme serait à lui,
et tout son être frémissait à cette pensée.

Ils errèrent jusqu'à la tombée du jour dans
le grand bois qui faisait suite au parc du château, parlant de choses et d'autres, admirant la
nature qui, en cette région de la France, semble
avoir réuni toutes les beautés. Bertol était

toujours de son avis, admirait ce qu'elle admirait, parlait de faire raser tout ce qui lui déplaisait.

Elle témoigna le désir de rapporter des fleurs sauvages au château. Il lui fit deux énormes bouquets qu'il attacha avec du chanvre.

Un oiseau était pris pas la patte entre les deux branches d'un bouleau.

— Pauvre petit ! dit Jeanne... Charles, ne pourriez-vous couper une branche pour le délivrer ?

Charles avait tiré son canif ; il ôta sa redingote et, malgré la peur de Jeanne, grimpa lestement à l'arbre, détacha l'oiseau et, après l'avoir embrassé, avec un semblant de pitié, lui donna la liberté.

— Bravo ! cria Jeanne.

Puis, quand il fut à terre :

— Vous auriez pu vous blesser ?

— Allons donc ! j'en ai vu d'autres, là-bas.

Il regarda sa montre. Il était sept heures.

— Jeanne, dit-il, si nous rentrions. Nous avons un bon bout de chemin à faire, nous allons être en retard pour le dîner.

— Quand vous voudrez, mon ami.

Ils reprirent la route conduisant au château, où ils arrivèrent vers huit heures.

On se mit à table aussitôt.

Bertol, tout à l'exécution de son projet, ne prêtait que peu d'attention à ce que lui disait la jeune femme.

— Vous avez l'air préoccupé, mon ami, fit-elle.

— Moi, nullement, je vous assure.

On venait de terminer le potage.

Bertol versa à boire ; malgré lui, sa main tremblait légèrement. Il renversa quelques gouttes sur la nappe.

— Maladroit que je suis ! s'écria-t-il.

— Vous voyez bien que j'ai raison, vous ne pensez pas du tout à ce que vous faites. Tenez, je vais vous laisser vous recueillir un instant. Notre promenade de tantôt m'a échauffée ; je vous demande la permission d'aller changer de robe.

Bertol tressaillit. Le hasard le servait à souhait.

Dés que Jeanne eut refermé la porte derrière elle, il prit son verre et se dirigea en chantonnant vers la fenêtre. Il avait dans la main le flacon que lui avait donné Zango. Il compta rapidement six gouttes, remit le flacon dans sa poche et revint s'asseoir.

Personne ne l'avait vu.

Il trempa ses lèvres dans le verre, et constata avec joie que le narcotique n'avait pas sensiblement altéré la saveur du vin.

Il venait de poser le verre en face de la place de Jeanne quand celle-ci rentra.

Comme elle ne se hâtait pas de boire, il dit en riant :

— A votre santé, Jeanne, à notre réconciliation !

La jeune femme porta le verre à ses lèvres.

Le liquide introduit par Bertol avait amené une légère décomposition du vin.

—Ce vin dépose. Regardez donc, Charles.

Elle lui passa le verre ; il regarda.

— En effet, dit-il.

Et comme par distraction, il laissa tomber le verre.

Il ne voulait pas qu'il restât de trace du crime.

— Encore ! fit-elle.

Jeanne riait de cette nouvelle maladresse.

Jusqu'à la fin du repas, il fut très gai.

Pour calmer son impatience nerveuse, il prit un journal et le lut presqu'en entier à Jeanne.

Dix heures sonnaient. Les domestiques venaient d'apporter le thé, puis ils montèrent se coucher.

Quelques instants après, on frappait à la porte.

C'était Zango.

— Faut-il atteler, maître, demanda-t-il ?

— Tout à l'heure, je t'appellerai.

— C'est singulier, murmura Jeanne, quand le nègre eût disparu, j'ai la tête lourde. Il me semble que je vais m'endormir ; je suis fatiguée. Je vais aller me coucher.

— Attendez un instant. Il est trop tôt encore. Après un peu de fatigue, il est mauvais de se coucher avant que la digestion soit accomplie. Voulez-vous venir à la fenêtre un instant ?

Tous deux allèrent s'accouder à la fenêtre.

— Décidément, mon ami, je ne me trouve pas à l'aise. Voulez-vous m'accompagner jusqu'à ma porte ?

Et elle s'appuya sur Bertol

Elle voulut marcher, mais fut obligée de se laisser tomber sur une chaise.

Bertol lui prit les mains :

— Jeanne, qu'avez-vous ?

Mais déjà elle n'entendait plus. Sa tête était penchée sur sa poitrine qui se soulevait à intervalles réguliers.

Elle dormait.

Bertol la saisit dans ses bras. Le misérable l'embrassa sur les lèvres avec fureur et appela Zango.

La porte s'ouvrit ; la tête hideuse du nègre apparut.

En voyant Mme de Valmont dans les bras de son maître, il laissa échapper un cri de joie.

— Viens ! dit Bertol.

— Voulez-vous que je vous aide ?

— Non, je veux la porter seul.

Ils arrivèrent dans la chambre de Jeanne.

D'un geste, Bertol montra à Zango la chambre de M. de Valmont.

— Reste-là. Couche-toi et dors.

Le nègre obéit.

Bertol revint vivement vers la jeune femme. Il défit son corsage, délaça ses jupes, et comme, à son gré, il n'allait pas assez vite, il saisit des ciseaux et coupa.

A mesure que la poitrine de Jeanne se découvrait, il la couvrait de baisers.

Il prenait un plaisir étrange à déshabiller cette femme qu'il désirait.

La sueur coulait à grosses gouttes sur sa figure. Sa poitrine faisait le bruit d'un soufflet de forge ; il suffoquait.

Il avait enlevé tous les vêtements, tous !

Maintenant, elle lui apparaissait nue, dans toute sa beauté radieuse.

S'écartant un peu, pour mieux la contempler, il se vit par hasard dans la glace et se fit peur.

Son visage était hideux à voir.

Ses cheveux trempés de sueur se collaient sur son front. Tout son corps tremblait de désir.

De nouveau, il s'approcha de ce beau corps inerte, ses lèvres s'appuyèrent sur son sein, et quand il se releva, on aurait pu voir un filet de sang couler de la place où s'étaient collées ses lèvres de vampire.

Une idée folle lui traversa l'esprit. Un flam-

25.

beau à la main, il alluma toutes les bougies des candélabres.

Il était heureux de ces préparatifs, et maintenant qu'il la tenait, la savait irrémédiablement à lui, il trouvait une suprême jouissance à retarder sa victoire...

XI

Tout à coup, il sembla à Bertol qu'il entendait un bruit de pas. Il prêta l'oreille.

En effet, on marchait, on montait.

Il se précipita vers la porte.

Mais il était trop tard. Celle-ci s'ouvrit brusquement, et le bandit terrifié aperçut le visage de M. de Valmont.

Les cheveux de Bertol se hérissèrent sur sa tête.

Puis, derrière celui qu'il avait cru assassiner, se montra Anita, sa femme !

— Reconnaissez-vous, vos victimes, monsieur le capitaine Brick ? dit la Mexicaine.

M. de Valmont était allé vers le lit, et

voyant la pâleur de sa femme, il crut qu'elle aussi l'avait vu, et qu'elle était évanouie.

Mais le désordre qui régnait dans la pièce, les vêtements jetés çà et là, lui montrèrent qu'il s'était passé quelque chose d'extraordinaire.

Il rejeta le drap sur Jeanne, pour cacher sa nudité.

Alors, s'avançant vers Bertol, qui, effrayé, reculait devant lui, il lui saisit le bras et le regardant bien en face :

— Caïn, lui dit-il, reconnais-tu ton frère ?

Bertol se dégagea et courut vers la porte.

Là, deux hommes lui barrèrent le passage : Le Goff et Pengam. Affolé, il alla vers la fenêtre et l'ouvrit.

Anita s'élança vers lui.

— Voleur ! assassin ! lui cria-t-elle.

Et la Mexicaine, saisissant le revolver que M. de Valmont lui avait remis, en appuya le canon sur la poitrine de Charles.

— A moi, Zango ! cria le bandit épouvanté.

Il voulut reculer encore, mais son pied glissa, et son corps, renversé sur l'appui de la fenêtre, perdit l'équilibre.

Il tomba dans le vide.

On entendit un cri déchirant.

Anita et de Valmont se penchèrent.

Le misérable venait de se briser la tête sur les marches du perron.

. . . .

Tout n'était pas fini.

Au moment où ils se retournaient vers la femme évanouie, la porte de la chambre de M. de Valmont s'ouvrit d'une secousse, et Zango apparut.

Il avait entendu l'appel de Charles.

Comme un fauve, il se rua sur Pengam et Le Goff.

Ceux-ci avaient affaire à forte partie.

M. de Valmont vint prêter main forte aux deux marins.

Malgré ce secours, Anita allait peut-être se voir obligée de brûler la cervelle au nègre, pour l'empêcher de fuir, quand celui-ci eut un ricanement de hyène et tomba à terre.

La corde apportée par Pengam n'avait pas été inutile; avec elle, le marin venait de lier les jambes au gigantesque noir.

Le Goff et M. de Valmont le maintinrent alors, pendant que Pengan, continuant son travail, le ficelait des pieds à la tête.

On le transporta dans la chambre voisine, où Pengam, un revolver à la main, le garda à vue, le menaçant de le tuer, s'il faisait un mouvement.

Pendant ce temps, Anita et de Valmont essayaient de faire revenir à elle la pauvre Jeanne.

Mais leurs efforts restèrent infructueux.

Pierre partit chercher un médecin.

M. de Loërmec arriva une heure après.

Il s'approcha de Jeanne, lui mit la main sur le cœur, et déclara que la jeune femme avait été endormie à l'aide d'un narcotique.

M. de Valmont fit amener le nègre et pria le médecin de l'interroger.

— Si tu ne parles pas, lui dit le comte, je te tue comme un chien.

— Où est mon maître ? demanda le nègre.

— Il est mort.

— Me-ferez-vous grâce de la vie, si je parle ?

— Peut-être.

— Alors, je veux bien... Mon maître a c.. dormi Madame.

— Avec quoi ? demanda le médecin.

— Avec de la codéine.

— A quelle dose ?

— Six gouttes.

— Elle ne court aucun danger, dit le médecin.

— Mais dans quel but l'avait-il endormie ?

Le nègre hésita, et ses yeux eurent un rire sournois.

— Veux-tu parler ! s'écria le comte, hors de lui.

Zango regarda son interlocuteur avec un air de défi.

— Pour la violer ! fit-il cyniquement.

A ces paroles, tous tremblèrent d'horreur.

Seul, de Valmont, quoique tous ses soupçons ne fussent pas morts, commençait à reprendre confiance, à espérer.

Le médecin dit qu'il fallait épargner les émotions à la malade, se chargeant de lui annoncer le retour de son mari.

Elle rouvrit les yeux, après une heure de soins.

Le docteur seul était auprès d'elle.

— Qui êtes-vous? demanda-t-elle. Où suis-je? Que s'est-il passé ? Il me semble que j'ai dormi bien longtemps.

— Je suis le docteur, madame, vous me connaissez bien. En effet, vous avez été malade, mais vous êtes guérie.

— Qu'ai-je donc eu ? Il n'y a que vous ici, docteur ? Je suis chez moi, cependant.

Une idée terrible venait de traverser l'esprit de Jeanne.

— Je n'ai pas été folle, docteur?

— Non, madame ; on vous a endormie, hier.

— Qui ?

— Je ne sais, mais quelqu'un pourrait vous renseigner.

— Appelez cette personne.

— C'est que vous vous attendez très peu à voir cette personne ; il y a bien longtemps que vous n'en avez entendu parler, et vous pensez même sans doute qu'elle avait disparu, qu'elle était... morte.

— Oh ! mon Dieu... De qui voulez-vous parler?... Mon frère?... Non, cependant. De qui parlez-vous?... De grâce !... Mon mari ?...

— Vous l'avez dit, madame.

— Mon mari, ici ?...

— Oui, madame.

— Oh ! je suis folle ! Vous me trompez, docteur. Où est-il ? je veux le voir.

— Me voici, dit M. de Valmont en entrant dans la chambre.

Jeanne voulut courir à lui, mais l'émotion était trop forte, elle s'évanouit.

Pendant qu'on essayait de la faire revenir, de Valmont fouillait tous les meubles de la chambre.

En ouvrant une petite boîte qui se trouvait sur la cheminée, il fit tomber une lettre qu'il ouvrit vivement, et il vit la signature de Bertol.

C'était la lettre que Charles avait envoyée la veille, et qui était, pour de Valmont, la preuve irrécusable de l'innocence de sa femme.

Fou de joie, il revint vers le lit et couvrit Jeanne de baisers. Celle-ci ouvrit les yeux et vit son mari à côté d'elle : elle poussa un grand cri.

Le docteur se retira, assurant qu'il n'y avait aucun danger.

Assis près de Jeanne, M. de Valmont lui fit

alors, avec mille précautions, connaître le nom
et la mort de son assassin.

La malheureuse tremblait de peur.

— Oh ! le misérable ! s'écria-t-elle.

— Ce n'est pas son seul méfait. Plus tard, je
vous raconterai les exploits de Charles Bertol.
Ou plutôt, il y a à côté une personne qui se
chargera de ce soin.

« Il ne faut pas que vous restiez plus longtemps dans ces lieux maudits. Vous partirez à
Paris. La personne dont je vous parle vous
accompagnera.

— Comment! déjà vous quitter ?... Oh ! j'ai
peur maintenant !

— Ne craignez rien, Jeanne. Il s'est passé
cette nuit des événements fort graves, vous ne
pouvez pas rester ici. Je vous rejoindrai presque immédiatement.

. . . .

. . . .

Charles Bertol fut inhumé avec mystère.

On délibéra ensuite pour savoir ce qu'on
ferait du nègre Zango.

Le Goff, malgré tous les plaisirs de la capitale, commençait à se lasser de cette vie casanière.

Il voulait encore courir par le monde.

Il fut entendu qu'il embarquerait le nègre sur le bâtiment qu'il allait fréter, et qu'il le laisserait en passant sur une île déserte des Nouvelles-Hébrides.

ÉPILOGUE

Six mois après les événements que nous venons de raconter, deux jeunes femmes sont assises dans les salons de l'hôtel de Valmont.

Ce sont les deux héroïnes de notre histoire, Anita de Pajaro et Jeanne de Valmont.

— Ma chère Anita, dit cette dernière, j'ai une confidence à vous faire.

— Parlez, mon amie.

— Ne pensez-vous pas à vous marier ?

A cette question, posée d'une façon si nette, Anita rougit visiblement.

— Mais personne n'a demandé ma main, que je sache ! dit-elle.

— A vous, non. Mais voilà justement les révélations dont je vous parlais tout à l'heure. Il y a un jeune homme que vous connaissez parfaitement et qui, n'osant vous avouer son amour, m'a chargée d'en faire l'aveu pour lui et de vous offrir sa main. Mais j'ai bien peur que vous évinciez tout net mon protégé, et j'hésitais à vous dire son nom.

Ce nom, Anita le connaissait probablement, car elle était très troublée et n'osait le demander.

— Que dites-vous de Henri de Tavannes ? continua Jeanne.

Pour toute réponse, Anita se jeta au cou de Mme de Valmont et l'embrassa avec émotion.

— Tiens ! tiens ! Il paraît que vous vous êtes très bien compris, tous les deux. Alors, c'est entendu. Je peux lui annoncer que sa demande est accueillie. Je m'en doutais, et lui ai dit de venir aujourd'hui. J'entends justement une voiture. C'est sans doute lui.

Elle courut à la fenêtre, où Anita la suivit.

Ce n'était pas de Tavannes, mais M. de Valmont, qui, levant les yeux et apercevant les deux amies, les salua et se hâta de venir les rejoindre.

Quand il eut embrassé sa femme.

— Figure-toi, lui dit celle-ci, qu'Anita ne vit plus depuis un quart d'heure. Elle attend Tavannes avec une impatience extrême. Elle a, parait-il, beaucoup de choses à lui dire.

— Bah ! et on ne peut pas savoir ce secret ? dit de Valmont en souriant.

Anita regarda son ami, avec un geste suppliant. Elle fit mine de se retirer.

— Tu vois, elle ne veut pas... Ah ! voilà encore une voiture. Cette fois, c'est lui, j'en suis sûre.

« N'est-ce pas, Anita, que quelque chose qui bat là, continua-t-elle, vous dit que c'est lui ?

Anita se cacha la tête dans les bras de Jeanne, et le comte alla au devant du peintre.

Celui-ci n'était pas seul : Le Goff l'accompagnait.

— Mon cher, dit de Tavannes, j'ai rencontré

l'ami Le Goff à deux pas. Il revient, paraît-il, de
l'autre bout du monde. Il a accepté une place
dans ma voiture, et nous voilà.

— Vous arrivez tous deux à propos.

Il les entraîna dans le salon.

Tavannes salua la femme de son ami et, tout
troublé, tendit la main à Anita.

Tous deux étaient très gênés.

— Tiens ! dit Le Goff, qui, avec sa brusquerie
de marin, ne savait pas cacher ce qu'il pensait,
on dirait qu'il va y avoir un pendant au mariage
de Pengam et de ma fille, ici.

— Peut-être, fit Jeanne. Si M. de Tavannes
veut bien me demander compte de la mission
dont il m'a chargée.

Et prenant la main du jeune peintre, elle la
mit dans celle d'Anita.

— Si je vous gêne, dit brusquement Le Goff,
je vais m'en aller. Et le baiser des fiançailles
donc !... ça, c'est sacré !

— A quand ? demanda de Valmont.

— Mais, le plus tôt possible, continua Le Goff.
Mille cartahus ! je veux voir ça, moi, avant de
m'en aller ; vous viendrez au baptême de mon
petit-fils avec votre mari, n'est-ce pas, ma-

dame Anita ?... Et vous aussi, madame Jeanne.

Celle-ci était devenue toute rouge, si bien que le marin crut avoir dit une bêtise. Mais en regardant mieux, il vit que la comtesse était enceinte.

— A la bonne heure! mille cartahus! s'écria-t-il, pour mettre le comble à la confusion de Jeanne... Ah bien, alors! c'est Yvonne qui viendra à Paris. On fera deux baptêmes au lieu d'un.

. . . .

. . . .

Le soir, à la fin du dîner, Le Goff donna tout à coup sur la table un coup de coude, qui fit lever la tête à tout le monde.

— Mille cartahus ! s'écria-t-il, avec tout cela, vous ne me demandez pas de nouvelles du sac à charbon que vous avez chargé sur mon bâteau.

— Qui donc ?... Zango ?

— Parbleu !... Figurez-vous qu'il a voulu me faire un tour de sa façon, le négro Mais il n'était pas assez malin. Quand nous avons été en pleine mer, je l'ai laissé monter sur le pont.

entre deux de mes hommes. Le premier jour, il a été bien docile. Par exemple, le lendemain, à peine sur le pont, il me bouscule mes marins, et v'lan, il pique une tête. Immédiatement, j'ai stoppé.

« J'ai fait armer mes hommes de carabines, et mettre les canots à la mer.

« Mais c'est moi qui l'ai aperçu le premier.

« Au moment où il montrait le fond de son sac, belle cible ! je lui ai envoyé un pruneau...

« Ah ! quel triste déjeûner pour les poissons ! mille cartahus !

FIN DU FAUX FRÈRE

"DESSUS DE MAIL"

C'était un véritable cauchemar pour le beau Ruiz da Costa y Almaviva, ce « dessus de mail » Sa femme lui en rebattait les oreilles le matin et le soir, par beau ou mauvais temps; qu'il fût d'exécrable humeur ou de tendre composition, sa femme ne l'abordait plus que par ces mots :

— Oh ! je t'en prie, achète-moi un mail.

Sous-entendu : « Pour que je puisse monter dessus ».

Il en rêvait la nuit ; il en eut très certainement fait une dangereuse maladie si sa robuste santé ne s'était formellement opposée à pareille extravagance.

Moitié espagnol et moitié portugais, puisqu'il était né à cheval sur la frontière des deux royaumes et que chacun d'eux aurait pu, léga-

lement, exiger ses services, Ruiz da Costa y
Almaviva avait cru devoir mettre ses deux
patries d'accord en leur refusant aussi bien à
l'une qu'à l'autre la plus légère parcelle de son
sang.

A l'époque de son tirage au sort, il était donc
venu se fixer à Paris, vivant aussi bien que
possible avec les annuités que lui payait assez
régulièrement l'acquéreur de ses terres.

C'est dans la capitale que Ruiz avait fait la
rencontre de Mercédés — une espagnole du
boulevard du Temple — et s'étant épris folle-
ment d'elle, il s'était conduit comme un
hidalgo en l'épousant alors qu'il aurait pu faire
autrement.

Mercédés, qu'on appelait plus communé-
ment Merced dans l'intimité, réalisait bien,
malgré son origine, l'idéal de la pure andalouse
dont elle avait le type, ou, pour dire mieux, à
laquelle elle aurait pu servir de type. Quand
elle allait aux arènes de la rue Pergolèse, le
torero et les banderilleros lui décochaient des
compliments en andalou ou en castillan, tellement ces braves gens croyaient avoir affaire à
une compatriote.

Aussi jolie femme que son mari était bel homme, Merced ne pouvait faire un pas sans rencontrer des soupirants. Ruiz avait déjà eu plusieurs duels pour bien affirmer ses droits.

Grande, élancée, la taille souple, les membres pleins, les attaches fines, la poitrine ronde et ferme, la bouche en grenade écorchée, les yeux brillants, Merced avait avec cela une peau légèrement ambrée qui s'alliait à ravir avec les tons de jais de son opulente chevelure, qui eut pu lui servir de manteau de deuil,

Le train de maison de Ruiz da Costa y Almaviva s'était sensiblement augmenté après son mariage et comme sa femme ne lui avait apporté que sa beauté pour toute dot, il sentait diminuer ses fonds et songeait sérieusement à restreindre son luxe pour le faire durer plus longtemps.

Seul, le père Lacaille, vieux paysan retors et malin, propriétaire de l'hôtel où habitaient les époux da Costa, n'était pas tout à fait de l'avis de Ruiz.

— Si j'avais une femme tournée comme la vôtre, lui disait-il parfois, du diable si je craindrais pour l'avenir.

Mais Ruiz n'étant pas parisien, le père Lacaille

parlait à un sourd ; heureusement pour lui, il
ne le comprenait pas.

Un jour, en venant toucher son terme, le
vieux s'enhardit un peu trop pourtant. Tenant
d'une main le battant de la porte pour se garder
une sortie en cas d'alerte, il demanda à Ruiz :

— A-t-elle un stylet, votre femme ?

— Un stylet... où ça ?

— A la jarretière, parbleu ! comme toutes
les espagnoles.

— Je ne sais pas, répondit Ruiz innocem-
ment.

— Ah ! vous ne savez pas, fit le goguenard
propriétaire ; eh bien ! voulez-vous me permettre de voir ; je serais heureux de constater
de visu !

Malgré son bon caractère, Ruiz se fâcha, cette
fois, mais le bonhomme était si vieux qu'il se
contenta de le jeter à la porte sans le corriger
autrement.

— Bah ! se disait le père Lacaille en s'en
allant, laissons pisser le mérinos ; on la verra
bien un jour ou l'autre, sa jarretière.

Malheureusement pour Ruiz, au moment où
naissaient dans son cerveau les beaux projets

d'économie, sa femme était prise de la folie adverse.

— Un mail ! disait-elle, il me faut un mail !

Son mari avait beau lui objecter qu'à part le prix d'achat, déjà très coûteux, les frais d'entretien de l'équipage gêneraient outre mesure leur budget, elle avait réponse à tout :

— Mais tu sais bien que la grande Rachel de Fondo n'est pas plus riche que nous, et pourtant elle a un mail ! Tu sais bien que Mme Le Floc est moins à son aise ; que Jenny O'Brien est presque pauvre, et cependant elles ont toutes deux des mails... Voyons, Ruiz, dis...., je t'aimerai tant !

Et Ruiz comprenait fort bien que pour conserver l'amour de sa femme il lui faudrait dépenser sottement son argent comme Jenny O'Brien, comme Mme Le Floc et comme la grande Rachel de Fondo.

La toquade de Merced était devenue si intense, et sa prière, toujours la même, se multipliait tant, qu'il s'amusait parfois à en dire une partie.

Quand elle commençait :

— Oh ! je t'en prie...

Il continuait :

— ...Achète-moi un mail !...

Et la pauvre femme, enthousiasmée, achevait, la voix pleine de promesses :

— Oui... je t'aimerai tant !

Un matin, Merced courut chercher son mari et, l'attirant dans l'embrasure d'une croisée, lui montra de l'autre côté de la rue — était-ce hasard ou préméditation — un superbe mail tout attelé, que des laquais s'occupaient à nettoyer.

— Qu'il est beau ! qu'il est beau ! disait-elle comme en extase, en levant les bras.

Ruiz était très ennuyé ; mais comme il sentait que le sempiternel refrain était encore sur les lèvres de sa femme, il prit une grande résolution.

— Eh bien ! achète-le s'il est à vendre, dit-il.

Merced lui sauta au cou et se sauva sans se le faire répéter. Elle craignait qu'en réfléchissant son mari ne revint sur sa brusque détermination.

Mais la résolution de Ruiz n'était pas sujette à caution ; aussi bien il en avait assez de son tyrannique cauchemar, il voulait vivre et dor-

mir tranquille. Cela durerait ce que durent
toutes les marottes féminines, un peu plus, un
peu moins, on en verrait bien la fin.

Il devenait philosophe, ce Ruiz, un peu à la
façon du père Lacaille.

Merced mit aussitôt la maison sens dessus
dessous, révolutionna la valetaille en ordon-
nant d'aller chercher et de lui ramener, coûte
que coûte, le propriétaire du mail qui station-
nait devant l'hôtel. Et tandis que le groom de
Ruiz se précipitait dehors pour exécuter ses
ordres, elle-même montait dans sa chambre
pour échanger son saut de lit contre un véte-
ment plus habillé.

Tout en procédant à sa toilette, elle était sur
des charbons ardents. « Est-il à vendre ? Ne
l'est-il pas ? » se demandait-elle ; et anxieuse,
elle soulevait discrètement un coin de la guipure des rideaux pour deviner par avance, sur
la figure de son messager, la bonne ou la mauvaise nouvelle.

Un moment, elle resta le nez contre la vitre,
contemplant la mimique des deux interlocu-
teurs. Elle allait même ouvrir la fenêtre ;

cependant, elle s'arrêta à temps, réfléchissant
que la distance ne lui permettait pas d'entendre,
et cette réflexion, plus utile qu'on ne pense,
empêcha le désir du père Lacaille d'avoir sa
solution immédiate, car le bonhomme passait
justement devant l'hôtel, le nez au vent, et dans
son empressement de savoir, la brune Merced
allait peut-être, inconsciemment, lui faire voir
sa jarretière, tant sa tenue était primitive en
cet instant.

Elle fit donc sagement de tenir la fenêtre close
et abandonna bientôt la guipure du rideau, parce que la face immobile du groom — le pauvre
garçon était nègre — ne lui apprenait rien.

Comme elle achevait de s'habiller, sa camé-
riste vint lui annoncer la visite d'un monsieur
qui demandait à lui parler à elle-même.

— Quel est cet homme? Vous a-t-il remis
sa carte?

— Non, madame, répondit la soubrette, mais
je crois pouvoir dire à madame qu'il est propriétaire de cette grande voiture à quatre chevaux que madame pourrait voir de sa fenêtre
si elle voulait s'en donner la peine.

—C'est bien !... Faites entrer ce monsieur au

salon. Le temps de redresser ma coiffure, et je suis à lui.

La soubrette s'inclina et sortit.

La fine mouche n'ignorait pas que Madame avait regardée « la grande voiture », car elle avait elle-même les yeux au trou des serrures beaucoup plus souvent que les mains au travail.

Pour se donner une contenance, Merced se fit accompagner par Kioumy, son carlin préféré.

Le propriétaire du mail était une sorte de vieux juif, portant pantalon à la hussarde et redingote hermétiquement boutonnée comme les militaires. Il avait une calvitie naissante et une longue barbe.

Ignorante de la dissimulation et oubliant même de saluer l'inconnu, Merced demanda dès son entrée :

— Votre mail est-il à vendre, monsieur ?

Le juif eut un rire muet. Il venait de deviner en cette petite femme un bon pigeon à plumer.

— A vendre, hein ! hein ! fit-il, je n'avais pas encore songé à m'en débarrasser... cependant on pourrait s'arranger...

— Quel prix en voudriez-vous ?

— Hein ! hein ! murmura le juif en jouant avec le cordon de son monocle ; cela demande réflexion, savez-vous. Le mail est tout neuf et les chevaux sont de sang ; de vrais étalons, quoi !... Voyons, trois mille francs pour les bêtes, trois mille pour le carrosse, ça vous irait il ?...

Merced fut héroïque, elle marchanda et, malgré les doléances du juif, réussit à avoir le tout pour quatre mille francs.

Fière de son marché, s'enorgueillissant de la grosse économie qu'elle venait de faire, elle courut chercher son mari pour visiter de compagnie avec lui leur nouvelle acquisition.

Le mail avait, ma foi, fort bonne tournure ; astiqué de frais comme il était, il pouvait abuser les yeux ignorants et les tromper sur son âge. Quant aux chevaux, ils payaient encore plus de mine et piaffaient avec une ardeur pleine de promesse.

Cependant, contre toutes les prévisions de sa femme, Ruiz da Costa y Almaviva ne paraissait pas satisfait outre mesure.

—Pour un équipage neuf, c'est trop bon marché, se disait-il. Cette vente si rapidement consentie doit cacher un piège. Bah ! on verra !...

Enfin le jour du grand prix arriva; ce jour heureux où, d'un commun accord, les époux da Costa avaient résolu d'inaugurer leur mail.

Le départ fut des plus gais. Le dessus du mail au grand complet — Ruiz et Merced ayant invité tous leurs amis — envoyait aux quatre vents de joyeux propos assaisonnés de rires perlés. Quant à l'intérieur, vous pensez bien que l'intérieur restait à vide. La coutume étant de réserver ce coin aux domestiques, personne n'avait voulu y entrer, et les portières de la caisse dédaignée ne s'étaient pas même ouvertes.

Tout clinquant neuf comme au jour d'achat, le mail remplissait les passants d'admiration, et les chevaux bourrés d'avoine manquaient les écraser, dévorant l'avenue du Bois de Boulogne dans un galop d'enfer.

Mais, à mesure qu'on approchait du champ de course, la grande allure des chevaux diminuait sensiblement; leurs têtes si fières, naguère, se penchaient jusqu'à toucher le sol, et sous les voyageurs de l'impériale la voiture faisait entendre de sinistres craquements, dans le genre de ceux que les excursionnistes affirment avoir entendu au sommet des volcans, à la veille des déchirements souterrains.

Le plus curieux de l'affaire, c'est que de l'intérieur de la caisse vide on entendait parfois sortir un rire de crécelle.

Après les courses, au moment du retour, Ruiz qui conduisait eut toutes les peines du monde à remettre son équipage en marche. Les pauvres bêtes exténuées n'avaient plus d'instinct et méconnaissaient le chemin de l'écurie.

— Une vieille guimbarde, murmurait Ruiz, et des rosses dignes de l'équarisseur... Ah! quelle riche idée vous avez eue là, Merced!

Heureusement pour elle, la pauvre Merced n'entendait pas. Dans sa légitime allégresse de propriétaire, elle voulait essayer toutes les places et se trouvait assise juste au milieu de la caisse, lorsqu'un grand mail-coatch, lancé à toute vitesse et venant en sens inverse, manqua culbuter la guimbarde d'occasion.s

— Maladroit! cria Ruiz.

Mais l'éclat de son apostrophe se perdit dan

un cri plus fort, un cri de Merced.

Comme le volcan dont nous parlions tout à l'heure, au choc du mail rival, la toiture de la caisse qui soutenait les pieds de Merced s'était effondrée tout à coup, et la jeune femme aurait disparu tout entière entre les lèvres de ce cratère d'un genre nouveau, sans l'intervention de ses jupes, qui, se retroussant et formant bourrelet autour d'elle, avaient obstrué le passage et permettaient à son buste d'émerger.

Nul ne dira jamais les sensations étranges qu'il fut donné à la belle Merced de ressentir, tandis que ses jambes gigotaient dans le vide à l'intérieur de la caisse.

On arrêta le mail pour procéder à son sauvetage, et elle remonta, un peu rougissante, mais non blessée, sur le siège à côté de son mari.

Comme la guimbarde se mettait en route, le père Lacaille, sortant on ne sait d'où, glissa un petit papier entre les mains de Ruiz et sourit à Merced.

Les chevaux sentaient enfin l'écurie. Ruiz déplia le papier, devint pâle et laissa échap-

per un formidable « *Caramba !* » en même
temps que ses mains abandonnaient le papier et les guides.

— Qu'y a-t-il ? demanda Merced.

— Ce qu'il y a !... Voici ce que vient de
m'écrire ce vieux grippe-sous, auquel je cou-
perai les oreilles à la prochaine occasion :

« Monsieur et cher locataire,

« Je m'étais invité moi-même à votre partie de
mail, puisque vous aviez eu l'extraordinaire négli-
gence de m'oublier. J'étais dans l'intérieur de la
caisse et j'ai tout lieu de ne point regretter ma
solitude. J'ai pu constater *de visu*, comme j'en
avais le profond désir, que Mme Merced n'a point
de stylet à la jarretière, c'est donc un faux dic-
ton. Néanmoins, je dois à la vérité de constater
ici que l'emplacement du stylet n'en est pas moins
charmant.

« Votre toujours dévoué, LACAILLE, qui met
plus que jamais son admiration aux genoux de
madame... »

En écoutant cette lettre, Merced mangeait
son gant de rage.

— Ah ! c'était donc lui ! s'écria-t-elle.

Et elle s'évanouit.

. . . .

Le mail et son attelage ont été revendus

quatre cents francs. Ruiz a quitté le petit
hôtel du père Lacaille après lui avoir frotté
les oreilles comme il se l'était promis. Maintenant il est tranquille, Merced n'a plus la
folle envie de briller, et, si parfois elle lui
dit encore : « Oh ! je t'en prie !... » en joignant
ses petites mains dans une pose suppliante,
il sait parfaitement qu'il ne s'agit plus d'un
mail...

FIN

Paris. — Imp. Vᵛᵉ Albouy, 75, av. d'Italie.

COLLECTION A.-L. GUYOT

(Catalogue — Série A)

Romans Populaires

AUTEURS DIVERS

Dans toutes les Librairies, Kiosques, Gares : 20 cent. le volume.

On reçoit franco par la poste un volume spécimen et le catalogue contre 30 centimes en timbres-poste adressés à M. A.-L. Guyot, éditeur. 12, rue Paul-Lelong, Paris.

COLLECTION A.-L GUYOT

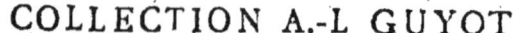

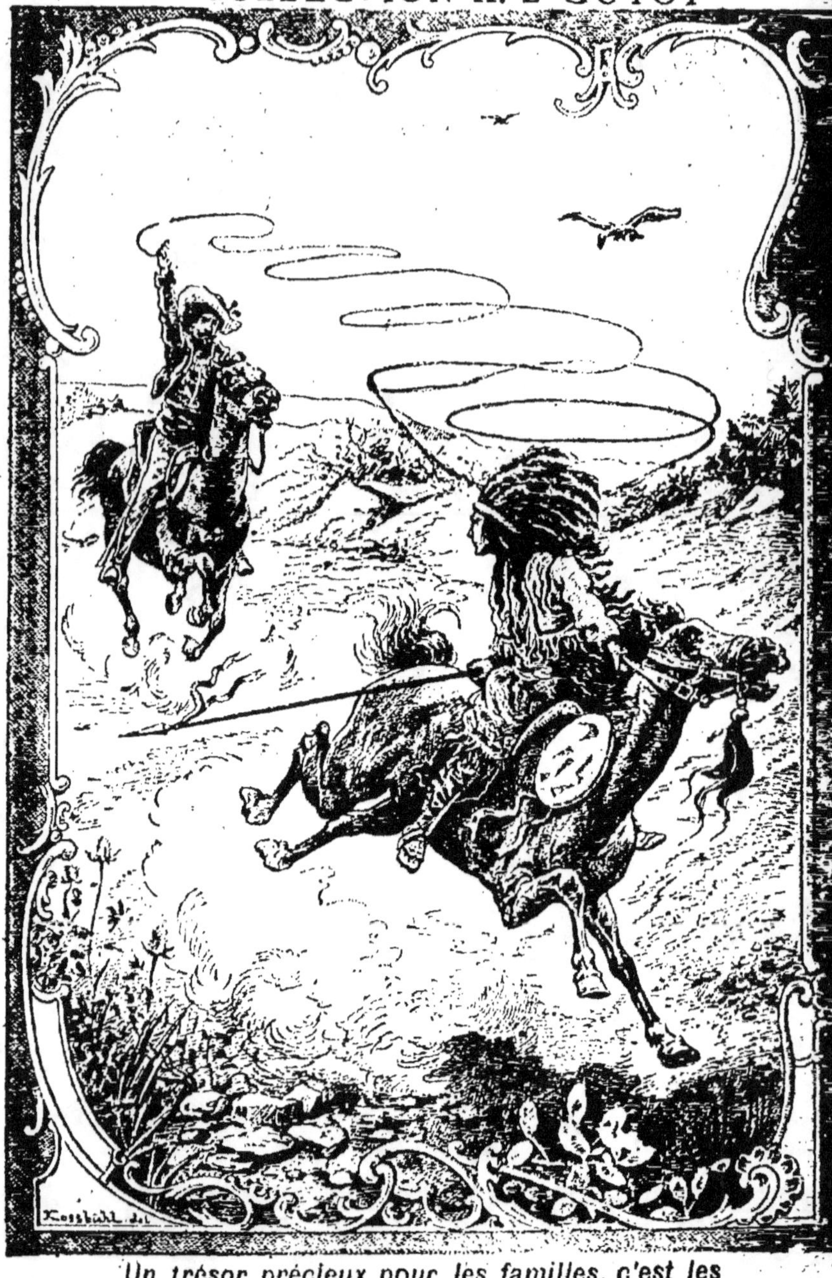

Un trésor précieux pour les familles, c'est les Romans d'aventures, Chasses & Voyages qui paraissent dans l

COLLECTION A.-L. GUYOT

Il n'est rien de tel pour former l'esprit des enfants et des jeunes gen

www.ingramcontent.com/pod-product-compliance
Lightning Source LLC
Chambersburg PA
CBHW070843030726
47504CB00005B/1202